Little House in the Big Woods

大森林裡的小木屋

經典文學名家全繪版

安野光雅 300幅全彩插圖

羅蘭・英格斯・懷德(Laura Ingalls Wilder)——著
安野光雅——繪
聞翊均——譯

目錄

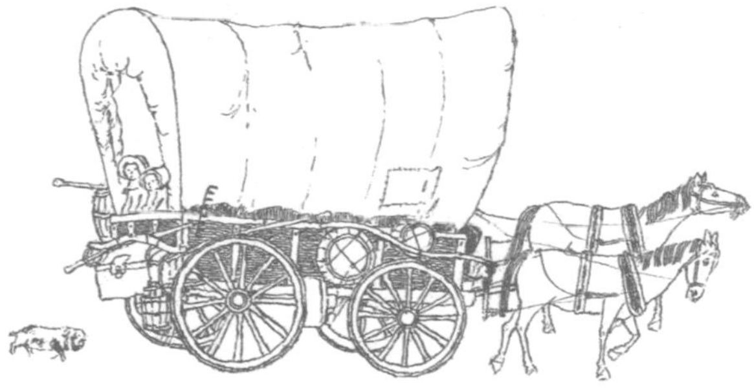

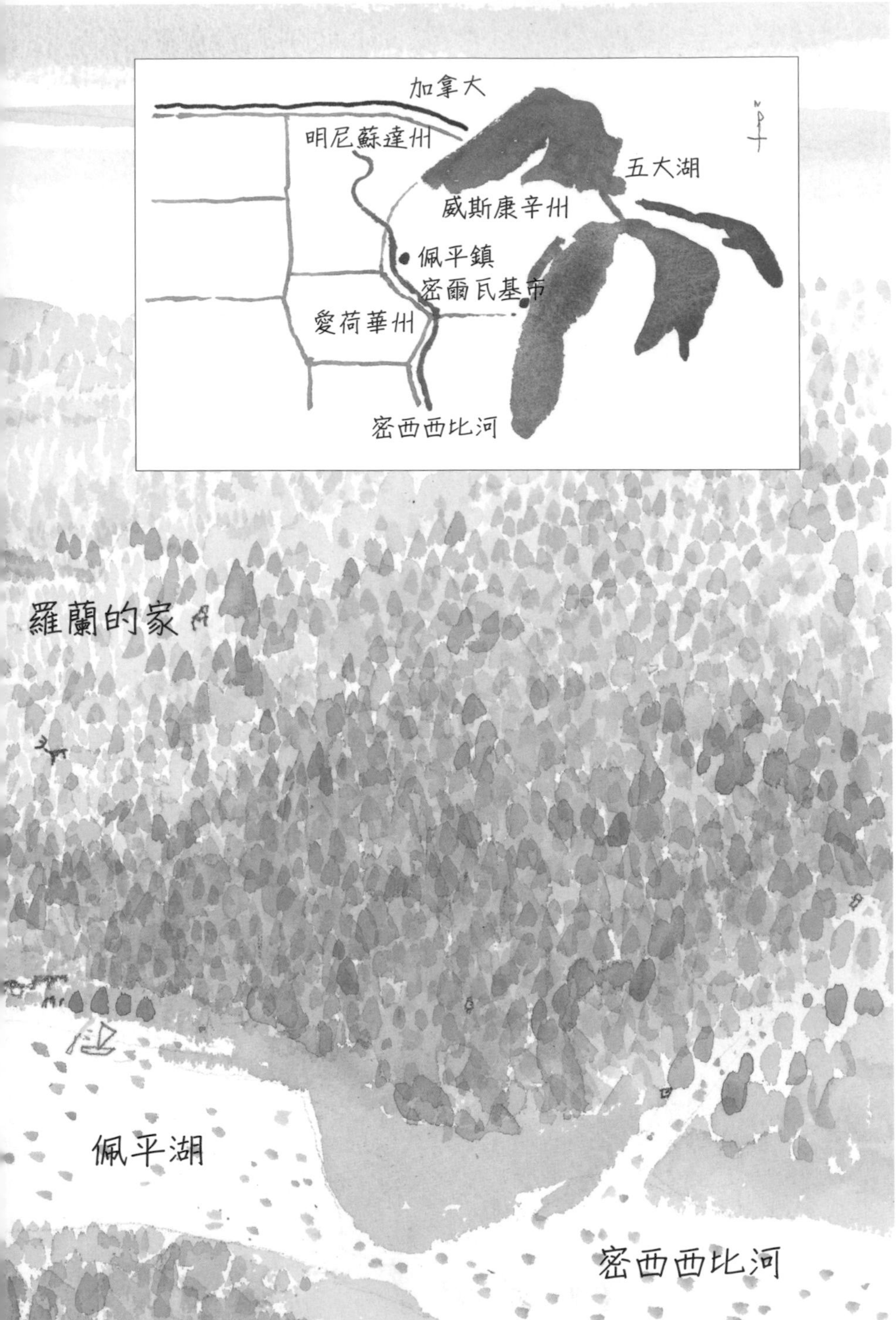
加拿大
明尼蘇達州
五大湖
威斯康辛州
佩平鎮
密爾瓦基市
愛荷華州
密西西比河
羅蘭的家
佩平湖
密西西比河

威斯康辛大森林
佩平鎮
大湖城

羅蘭的家

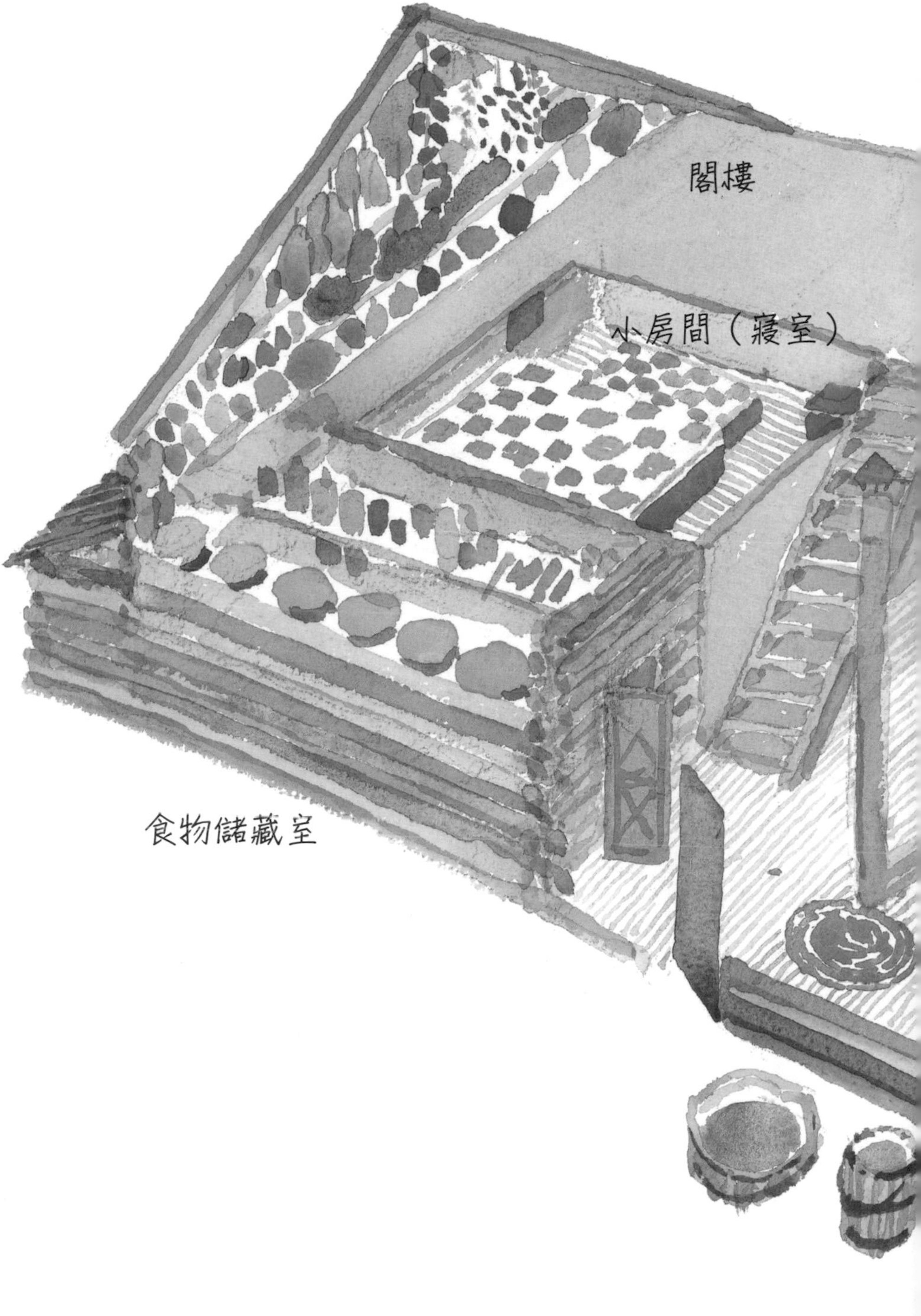
閣樓
小房間（寢室）
食物儲藏室

人物表

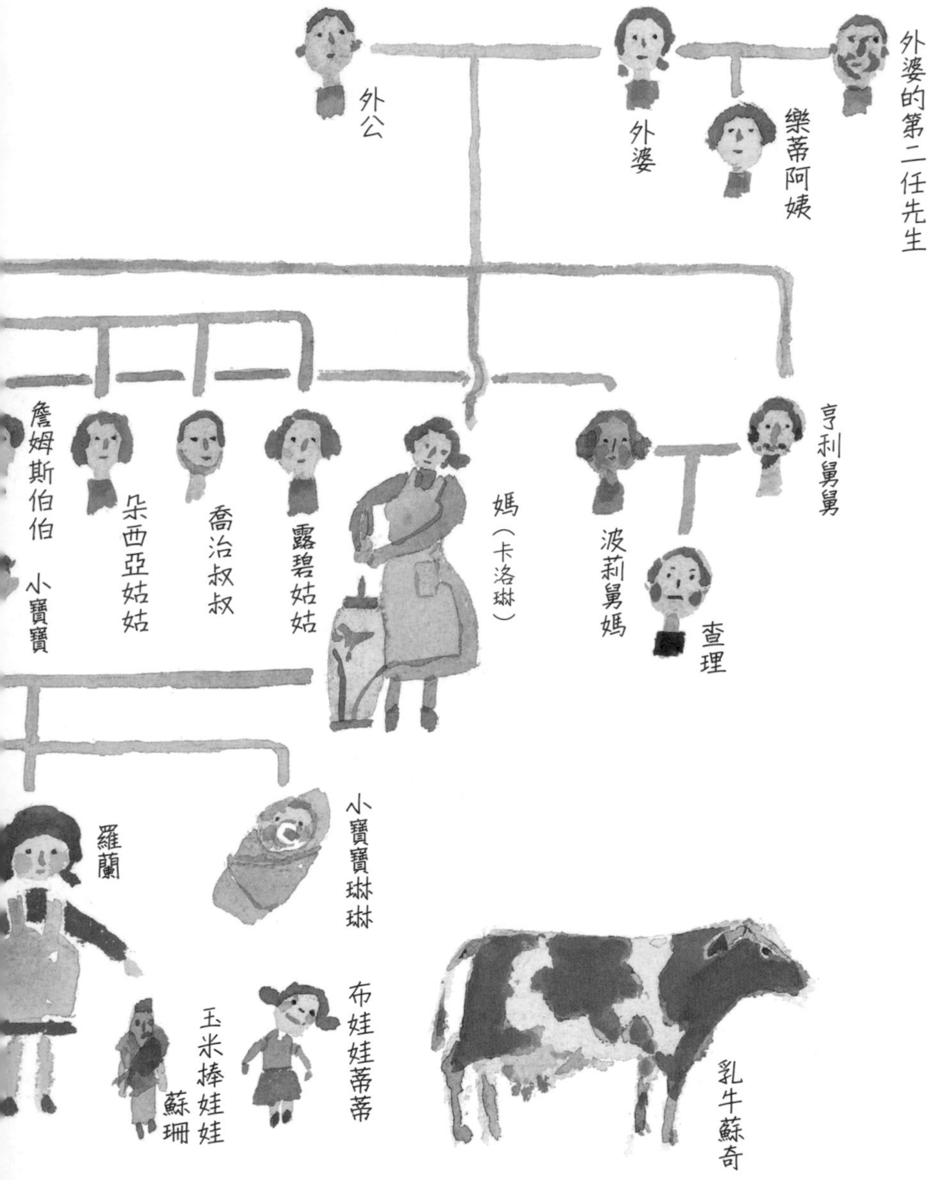
外公
外婆
樂蒂阿姨
外婆的第二任先生
詹姆斯伯伯
小寶寶
朵西亞姑姑
喬治叔叔
露碧姑姑
媽（卡洛琳）
波莉舅媽
亨利舅舅
查理
羅蘭
小寶寶琳琳
玉米棒娃娃蘇珊
布娃娃蒂蒂
乳牛蘇奇

曾祖父（爺爺的爸爸）
彼得森先生
彼得森太太
詹姆斯（爺爺的哥哥）
喬治（爺爺的哥哥）
小時候的爺爺
爺爺
奶奶
爸爸小時候養的大牛
伊麗莎嬸嬸
彼得叔叔
爸（查爾斯）
莉碧伯母
羅蘭
強生
愛麗絲
艾拉
小寶寶朵麗
王子
胡利特先生
胡利特太太
瑪莉
伊娃
漢斯
布娃娃娜娜
黑貓蘇蘇
乖狗狗阿吉

1. 大森林裡的小木屋

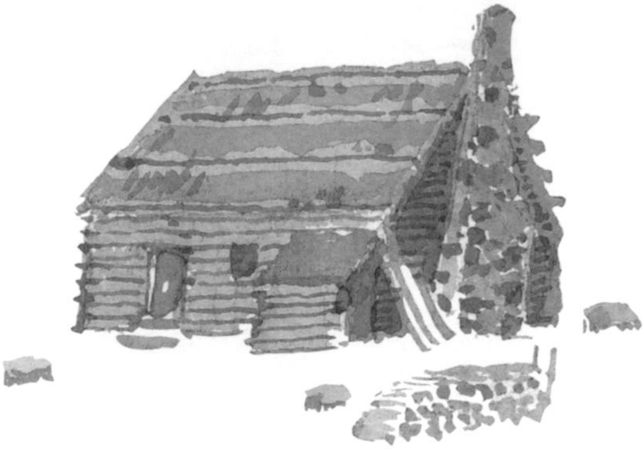

在遙遠的六十年前，威斯康辛州的大森林裡有一個小女孩，住在一棟木頭建造的小木屋裡。

小木屋的周圍有好多又大又黑的樹木，在這些樹木外面，還有更多樹木，更多樹木外面又有更多更多樹木。就算在大森林裡往北方走上一整天、一個禮拜，或者一個月，舉目所及只有森林，沒有房子、沒有道路，也沒有人，只有樹木，以及住在森林中的野生動物。

住在大森林裡的野生動物有狼、熊和大山貓。溪流旁住著麝鼠、貂和水獺，狐狸的家在山丘上，鹿群則四處漫遊。

在小木屋的東方和西方，有著綿延好幾公里的樹林，然後才是幾棟零星分布在大森林邊緣的小房子。

小女孩放眼望去，只能看到小木屋，她和父親、母親、姊姊瑪莉與還是小寶寶的妹妹琳琳住在這裡。

小木屋前面有一條篷車行駛的道路，軌跡轉了幾個彎，曲曲折折的蜿蜒進住滿野生動物的森林裡。小女孩不知道這條路會通往哪裡，也不知道路的盡頭在哪裡。

小女孩的名字叫做羅蘭，她稱呼父親為「爸」，稱呼母親為「媽」。在那個年代、那個地方，小孩子不喊「父親」或「母親」，也不像現在的孩子一樣，叫「爸爸」或「媽媽」。

晚上，羅蘭清醒的躺在底下裝著滾輪的小床上。她仔細傾聽，但是什麼也沒有聽見，只有樹木彼此竊竊私語。

在深深的夜晚裡，有時候會聽到狼在森林裡嚎叫。有時候，牠會跑到離小木屋更近的地方，又再次嚎叫。

狼的叫聲很可怕。羅蘭知道，狼會把小女孩吃掉。但是，她在堅固的木頭牆裡面很安全。爸的獵槍就掛在門上，家裡的乖狗狗斑點牛頭犬「阿吉」正趴在房子外面守護他們。

爸說：「羅蘭，去睡吧。阿吉不會讓狼跑進到小木屋裡的。」

所以，羅蘭躺在床上，舒服的鑽進被子裡，慢慢進入夢鄉，姊姊瑪莉就睡在她的身旁。

一天晚上，爸把羅蘭從床上抱起來、走到窗前，讓她看看小木屋外頭的狼。兩匹狼正坐在小木屋前面，牠們看起來像狗，只是毛更粗、更長，也更濃密。牠們抬起頭，鼻尖朝著又大又亮的月亮，開始發出嚎叫。

阿吉在門口來回踱步，不斷低吼，背上的毛都豎了起來，對那兩匹狼露出又尖又利的牙齒。屋外那兩匹狼繼續嚎叫，但是牠們沒辦法進到小木屋裡。

小木屋非常舒適。樓上有一間大閣樓，當雨點滴滴答答的打在屋頂上時，羅蘭可以開心的在閣樓裡玩耍。房子一樓有一間小臥室和一間大房間。臥室裡有一扇窗戶，可以用木頭窗板關起來。大房間有兩扇玻璃窗、兩扇門，一扇前門，一扇後門。

小木屋周圍有一道彎彎曲曲的籬笆，可以阻止熊和鹿跑進來。小木屋前的庭院，有兩棵美麗的大橡樹。每天早上一起床，羅蘭就會跑

到窗前看看那兩棵大橡樹，一天早上，她發現大橡樹的樹枝上，掛著一頭死鹿。

爸在前一天獵到了這頭鹿，他在夜裡把鹿帶回家時，羅蘭已經睡著了。他把鹿高高掛在樹上，防止狼群吃掉鹿肉。

那天晚上，爸、媽、羅蘭和瑪莉都吃了新鮮鹿肉當晚餐。鹿肉非常美味，羅蘭好想把整頭鹿吃掉。但是，大部分的鹿肉都要拿去醃漬和煙燻，留待冬天再拿出來吃。

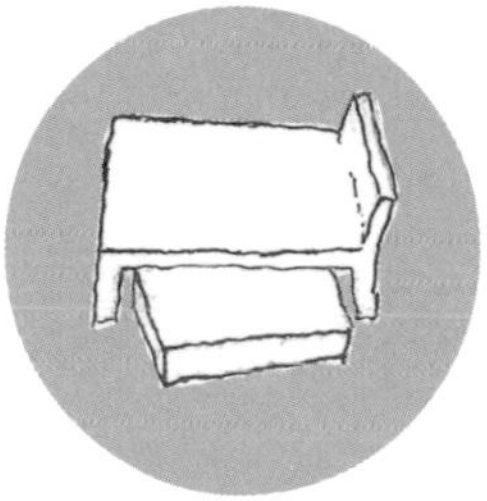

冬天就要到了。白天越來越短，到了晚上，玻璃窗上爬滿冰霜，很快就要下雪了。到時候，小木屋會被雪堆包圍，湖泊和溪流都會結冰。在天寒地凍的日子裡，爸不一定有辦法獵到可以吃的野生動物。熊會躲在洞穴裡，整個冬天都陷入深深的睡眠中。松鼠會蜷曲在樹洞裡，用毛茸茸的尾巴緊緊蓋住鼻子。冬天時，鹿和兔子的膽子很小、動作也更加迅速。就算爸能獵到一頭鹿，也會又瘦又小，不會像秋天獵到的鹿那樣豐潤肥美。在天寒地凍的日子裡，爸可能會花上一整天在雪花紛飛的大森林裡打獵，回家時，卻沒有帶回任何東西能給媽、瑪莉和羅蘭吃。所以，在冬天來臨之前，他們要盡可能的在小木屋裡儲存食物。

爸小心翼翼的剝掉鹿皮、抹上鹽，再把鹿皮撐開，準備製作柔軟的皮革。接著他把鹿肉切了下來，每塊肉都撒上鹽巴、放在木板上。

庭院的盡頭有一截長長的樹幹，這根樹幹是從一棵中空大樹上砍下來的。爸從樹幹的兩端，盡可能的往裡頭釘釘子，直到他搆不到為止。接著，爸把樹幹立了起來，在頂端裝一個小屋頂，又在靠近地面

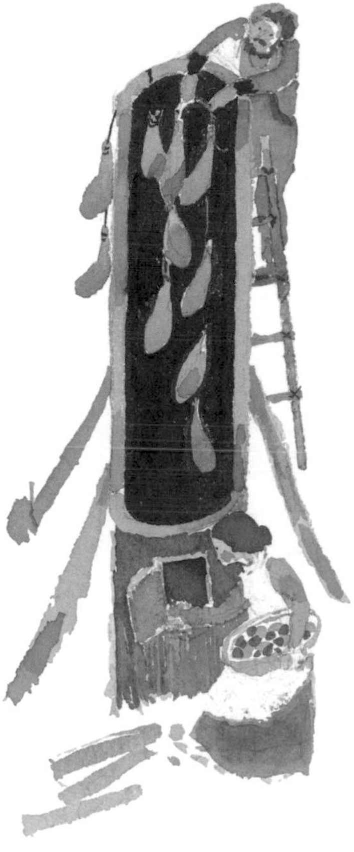

的樹幹上劈開一個洞。他將切下來的木頭綁上皮繩，做成轉軸，接著裝回樹幹的洞上，就變成了一道小門。

鹿肉用鹽醃漬幾天後，爸在每片鹿肉的尾端切出一個洞，接著綁上一條繩子。羅蘭看著爸在鹿肉上打洞、穿繩，又看著他把肉掛到中空樹幹裡的釘子上。

爸的手從樹幹的小門伸進去，把鹿肉一塊塊掛到釘子上，直到他搆不到釘子。接著，他把梯子架在樹幹旁、爬上去將小屋頂挪開，再從樹幹上方把鹿肉掛到釘子上。接著爸把屋頂裝回去，沿著梯子爬下來，對羅蘭說：

「去砍柴的地方幫我拿一些山胡桃碎木塊過來——要新鮮、乾淨、白色的那種。」

羅蘭跑到爸劈柴的木樁旁，在圍裙裡裝滿了氣味甜美的新鮮木塊。爸從小門放進小片的樹皮和青苔，在樹幹底下生了小火堆，接著，他小心翼翼的把碎木塊放在火堆上。

新鮮的碎木塊並沒有馬上燒起來，而是讓整個中空樹幹內充滿了濃濃的、令人窒息的煙。爸關起小門，一縷煙從小門的縫隙鑽了出來，小屋頂旁也冒出了一縷煙，但是大部分的煙都和鹿肉一起，關在樹幹裡。

「山胡桃木燃燒的煙是最棒的，」爸說，「用這種煙燻出來的鹿肉，可以在任何天氣、任何地方保存很久。」接著，他拿起槍，把斧頭扛在肩上，出發去森林中的空地砍更多木柴了。

接下來的幾天，羅蘭和媽一起看守樹幹裡的火堆。每當裂縫不再冒出煙時，羅蘭就會拿更多的山胡桃碎木塊過來，再由媽把碎木塊放進鹿肉下的火堆中。院子裡一直瀰漫著微微的煙味，每當媽打開小門時，就會聞到濃濃的燻肉味。

幾天後，爸終於宣布鹿肉已經煙燻好了。他們熄滅火堆，接著爸從中空樹幹裡，把一塊塊鹿肉拿出來。媽動作俐落的把每塊鹿肉用紙包好，掛在乾燥的閣樓裡保存。

一天早上，爸在天亮前就駕著馬、拉著篷車出門了。那天晚上，他帶著整整一篷車的魚回來。大篷車裡滿滿都是魚，有些魚甚至跟羅蘭一樣大。爸用網子在佩平湖抓到這些魚。

媽把扁平、不帶骨頭的白色魚肉切成一片一片給羅蘭和瑪莉吃，一家人享受了一頓新鮮美味的魚肉。媽把沒有吃完的魚都放進桶子裡醃漬，留待冬天再吃。

爸在森林裡放養了一頭豬，這頭豬自己在森林裡找橡實、堅果和樹根來吃，現在，爸把牠抓回來，關進木製的豬圈裡養肥。等到天氣冷到能夠冷凍豬肉時，爸就要把豬宰了。

一天半夜，羅蘭被豬的尖叫聲吵醒。爸從床上跳了起來，抓起掛在牆上的獵槍、跑了出去。羅蘭聽到槍響，一聲、兩聲。

爸回來後，告訴大家發生了什麼事。他在外面看到一頭大黑熊，

就站在豬圈外。

大黑熊伸出前爪想要抓豬圈裡的豬，豬不斷的尖叫亂跑。爸在星光下看到了這一幕，立刻就開槍了，但是光線實在太暗，匆忙之下沒有打中大黑熊。大黑熊毫髮無傷的跑回了森林裡。

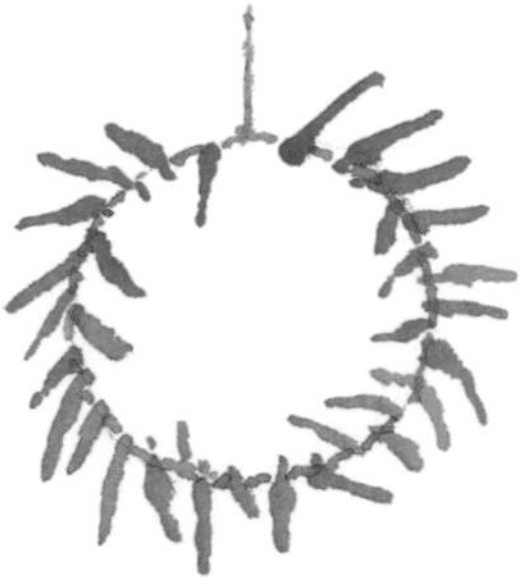

爸沒有打到大黑熊讓羅蘭很失望，她好喜歡吃熊肉。爸也覺得很失望，不過他說：「至少我們保住了培根。」

整個夏天，他們都在小木屋的後院裡耕種。後院十分靠近小木屋，所以白天時，鹿群不敢躍過籬笆、偷吃蔬菜；晚上，阿吉也會把鹿群趕走。有時候，早上進到後院時，會發現胡蘿蔔和甘藍菜間有鹿的腳印，但是阿吉的腳印也在。鹿群一跳進來，就被阿吉趕出去了。

寒冷的夜晚即將來臨，羅蘭一家人採收了馬鈴薯、胡蘿蔔、甜菜根、蕪菁和甘藍菜，好好的存放在地窖裡。

閣樓上，有著頂端被編成一長串的洋蔥串；洋蔥串旁邊還掛著用繩子綁成一圈又一圈的辣椒圈。閣樓的角落疊著一堆又一堆橘色、黃色和綠色的南瓜。

一桶又一桶的醃魚被放在食物儲藏室，黃澄澄的乾酪則存放在食物儲藏室的櫃子裡。

亨利舅舅穿過大森林，來到小木屋幫爸殺豬。媽已經把大殺豬刀磨利了，亨利舅舅也帶來了波莉舅媽的殺豬刀。

爸和亨利舅舅在豬圈旁生了一個火堆，火堆上正加熱一大鍋水。水滾之後，他們就要開始殺豬。羅蘭跑回房間內，把頭埋在床裡，並且用手指塞住耳朵，以免聽見豬的尖叫聲。

「羅蘭，牠不會感到痛苦的，」爸說，「我們的動作很快。」但是她就是不想聽到豬的尖叫聲。

幾分鐘後，羅蘭小心翼翼的把一隻手指頭從耳朵裡拔出來、仔細聆聽。豬已經停止尖叫了。除此之外，殺豬的日子真的很好玩。

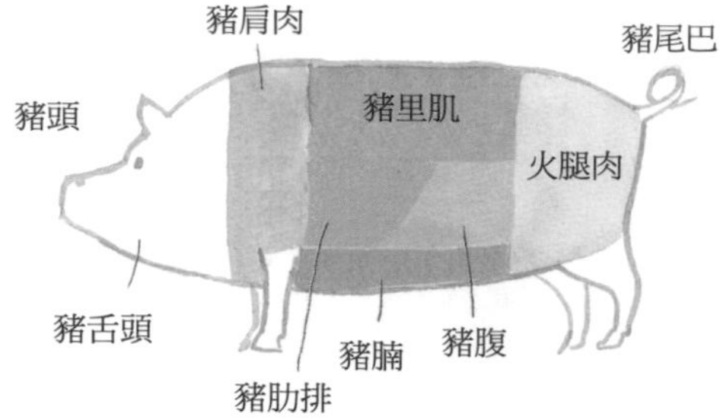

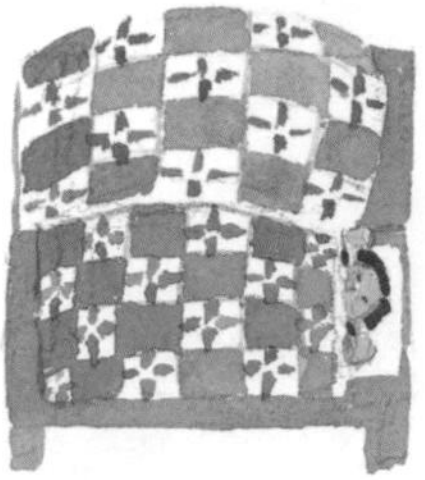

一整天，家裡都非常忙碌，有好多事情可以觀察，也有好多事情要做。亨利舅舅和爸都很開心，晚餐還有多的豬肋排可以吃，爸也答應羅蘭和瑪莉，要把豬膀胱和豬尾巴送給她們。

等豬死掉之後，爸和亨利舅舅就把牠抬進滾水中，把豬肉燙一燙。然後，他們把豬放到木板上，用殺豬刀把豬鬃刮掉。豬鬃刮乾淨後，他們把豬掛在樹枝上、清出內臟，讓豬肉慢慢降溫。

等到豬肉放到涼了，他們就把豬抬下來、切開，有火腿、豬肩肉、豬腹、豬肋排和豬腩。還有豬心、豬肺、豬舌，可以做成豬頭凍的豬頭，另外還有一大盆用來做香腸的碎肉。

他們把肉放在後門棚屋裡的木板上，每塊肉上都撒上了鹽。火腿和豬肩肉被丟進濃鹽水裡醃漬，之後，就會像鹿肉一樣放到中空樹幹裡煙燻。

「用山胡桃木煙燻的火腿是最棒的。」爸說。

他正往豬膀胱裡吹氣，做成一顆白色氣球，接著，用繩子把尾端綁起來，給瑪莉和羅蘭玩。她們把「氣球」丟到空中，用手輪流拍打

到彼此面前。還可以放到地上，用腳踢得到處彈跳。但是，比起「氣球」，最好玩的還是豬尾巴。

爸小心翼翼的幫她們剝除豬尾巴的外皮，接著用一根削尖的樹枝，從較粗的一端插進去。媽打開爐灶，把鐵爐裡滾燙的熱煤炭翻出來。羅蘭和瑪莉輪流把豬尾巴放在炭火上翻烤。

豬尾巴被烤得滋滋作響，油脂滴落在煤炭上，燃起火花。媽在豬尾巴上撒鹽。羅蘭和瑪莉的手和臉都被烤得熱騰騰的，羅蘭還不小心燙到了手指頭，但是她太興奮了，一點也不在意。烤豬尾巴真的很好玩，以至於她們都不想公平的輪流烤。

終於，豬尾巴烤好了，金黃色的豬尾巴香氣四溢！她們把豬尾巴拿到庭院冷卻，但是等不及完全涼透就吃了起來，還燙到了舌頭。

她們把豬尾巴上的肉啃得乾乾淨淨，剩下的骨頭則送給阿吉。

豬尾巴吃完了。還要等上一年，才會有另一根豬尾巴。

亨利舅舅吃過午餐後就回家了，爸又回到大森林裡繼續工作。但是對羅蘭、瑪莉和媽而言，殺豬的日子才剛剛開始。媽還有好多事情要做，還好有羅蘭和瑪莉幫忙。

媽花了整整一天半的時間，用爐灶上的大鐵鍋熬煮豬油。羅蘭和瑪莉幫媽照看爐火。豬油必須夠熱，但是不能冒煙，否則就會燒焦。媽必須把豬油撈起，再慢慢倒回大鐵鍋中。每隔一段時間，媽就會把飄浮在豬油上的棕色豬油渣撈起來，放在一塊布裡面，用力把每一滴豬油擠出來，然後再把豬油渣收到一旁。之後，她可以拿來幫玉米餅調味。

豬油渣很好吃，但是羅蘭和瑪莉只能吃一點點。媽說豬油渣對小女孩來說太油了。

媽仔細的把豬頭上的毛刮除、洗乾淨，再放進鍋子裡燉煮，直到肉從骨頭上脫落，接著，媽把肉放進木碗裡，用刀子剁碎，加入白胡椒、鹽與香料調味，再把調味好的碎肉放回剛剛煮豬頭的湯裡，最後倒入平底鍋中放涼。等到肉湯和碎肉冷卻、結成凍，最後切成一塊塊，這就是豬頭凍。

另外還剩下一些碎肉、瘦肉和肥肉，媽把這些肉剁了又剁，剁成非常細的肉末。她用鹽巴、胡椒以及在庭院栽種、乾燥後的鼠尾草調味，用手不斷來回攪拌，直到佐料和肉混和均勻，她將肉搓成一顆顆圓球、放在平底鍋中，再拿到外面的棚屋裡冷凍。待肉球結冰後，就可以存放整個冬天，隨時可以拿來食用，這就是香腸。

殺豬的日子結束後，家裡就有好多香腸、豬頭凍、好幾罐豬油，棚屋裡還有一桶桶醃豬肉，閣樓上，掛滿了煙燻火腿和豬肩肉。

小木屋現在儲存了好多美味食物，可以讓羅蘭一家人度過漫長的冬天。食物儲藏室、棚屋和地窖也都堆滿了食物，閣樓也一樣。

小木屋外頭已經很冷了，滿地都是從樹上飄落的棕色樹葉，所以羅蘭和瑪莉只能在小木屋裡玩耍。爐灶的火終日不熄，到了晚上，爸會把灰燼聚集在一起，讓煤炭能持續燒到隔天早晨。

閣樓裡非常好玩。又大又圓、色彩繽紛的南瓜可以拿來當作桌子和椅子；辣椒和洋蔥懸掛在屋頂；用紙好好包裹的火腿和鹿肉也掛在閣樓，還有一堆又一堆的乾草，有做菜用的香料草，還有生病時吃的苦藥草，整個閣樓充滿了各式各樣的香味。

寒冷、孤獨的風在屋外呼呼的吹。但是羅蘭和瑪莉在閣樓裡，溫暖又舒適的用各式各樣的南瓜玩扮家家酒。

瑪莉的年紀比羅蘭大，她有一個名叫娜娜的布娃娃。羅蘭只有一個用手帕包裹的玉米棒娃娃蘇珊，但是羅蘭很喜歡這個娃娃，只有玉米棒的身體又不是蘇珊的錯。有時候，瑪莉會讓羅蘭抱一抱娜娜，但是羅蘭只會趁蘇珊不在旁邊時，才會抱娜娜。

一天中，最棒的時光就是晚上。吃完晚餐後，爸會把捕獸夾從棚屋旁拖進小木屋、在火堆旁上油。他會把捕獸夾擦乾淨，然後用羽毛蘸取熊脂，塗在鉗口的轉軸以及圓盤的彈簧上。

捕獸夾有小型的、中型的，還有用來抓熊的大型捕獸夾，大型捕獸夾的鉗口上有鋸齒，爸說，大型捕獸夾可以夾斷成年人的大腿。

爸總是一邊替捕獸夾上油，一邊跟羅蘭還有瑪莉說一些笑話與故事，上完油之後，他會開始拉小提琴。

小木屋的門窗都關得緊緊的，窗戶的隙縫也用布條塞住，防止冷空氣進到屋裡。但是，不論白天或晚上，黑貓蘇蘇都可以從前門下方的活動門穿進穿出，自由的進出小木屋。她的速度飛快，就算活動門在她身後關上，也不會夾到尾巴。

一天晚上，爸在替捕獸夾上油時，看到蘇蘇走了進來，他說：「從前從前，有個人養了兩隻貓，一隻大貓和一隻小貓。」

羅蘭和瑪莉跑了過來，靠在他的膝蓋上繼續聽故事。

「他養了兩隻貓，」爸又重複了一次，「一隻大貓和一隻小貓。所以，他在門上替大貓開了一個大門，又替小貓開了一個小門。」

爸停頓了一下。

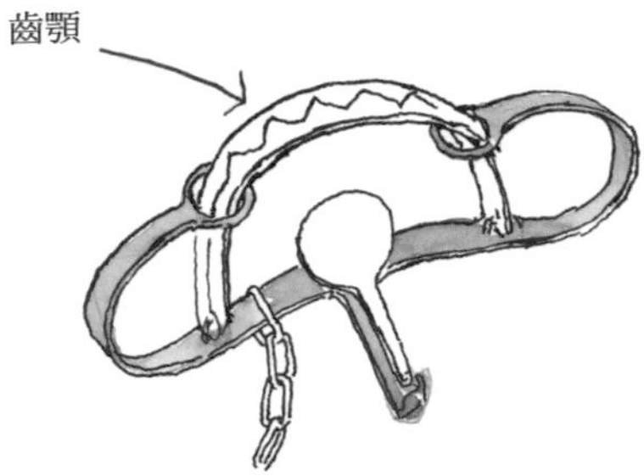

緊閉的捕獸夾

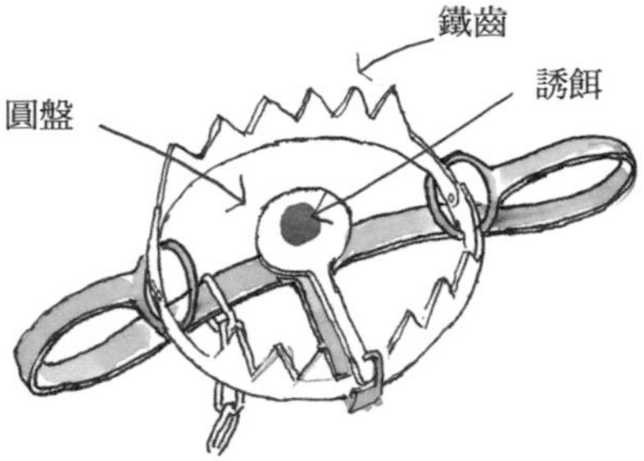

安置好的捕獸夾

「但是為什麼小貓不能……」瑪莉說。

「因為大貓不准小貓用。」羅蘭插嘴說。

「羅蘭，不可以打斷別人說話，這樣很不禮貌。」爸說。

「不過，在我看來，」他說，「妳們都比在門上開兩個貓洞的人要聰明多了。」

接著，他把捕獸夾放到一邊，從盒子裡拿出小提琴，開始演奏。

這真是一天之中，最美好的時光。

2. 下雪了！

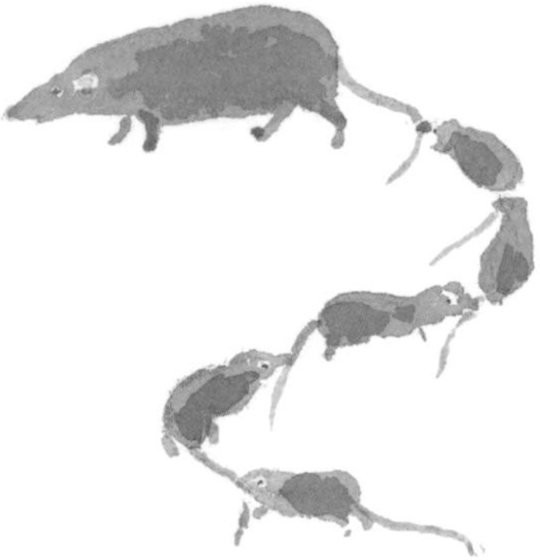

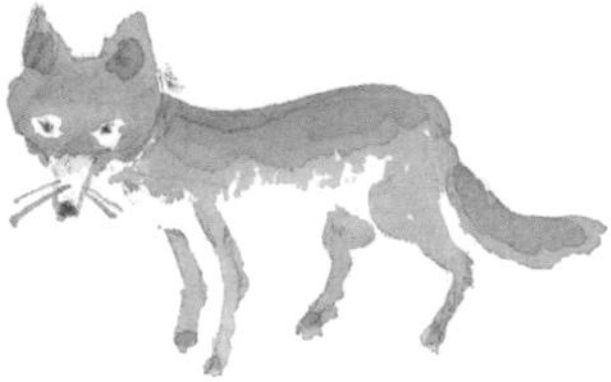

第一場雪降臨了，溫度變得非常寒冷。爸帶著獵槍和捕獸夾到大森林裡，將小型捕獸夾設置在溪流旁，用來捕捉鼴鼠和水貂；在森林裡設置中型捕獸夾，用來捕捉狐狸和狼。他把大型捕獸夾架好，希望能在熊冬眠之前，抓到一頭大胖熊。

一天早上，爸出門後又趕回家裡，套上馬匹和雪橇，便又匆匆出門了。他獵到了一頭熊。羅蘭和瑪莉開心得拍著手跳上跳下。

瑪莉開心得喊著：「我想要熊腿！我想要熊腿！」

瑪莉根本不知道熊的大腿到底有多大隻。

爸回家時，雪橇裡裝著一頭熊和一頭豬。今天早上，他進入森林裡時，手上還提著用來抓熊的大型捕獸夾、肩上背著獵槍。經過一棵覆滿白雪的大松樹時，爸發現樹的後面有一頭熊。

那頭熊剛殺了一頭豬，正打算吃掉牠。爸說，當時那頭熊用兩隻後腿站了起來，兩隻前爪就像手一樣，正抱著一頭豬。

爸開槍打中那頭熊，但是他不知道豬是從哪裡來的，也不知道是誰的。

「所以我就把豬也帶回家啦。」爸說。

新鮮的熊肉和豬肉，足夠羅蘭一家人吃上很久。這陣子，不論白天或晚上都很冷，冷到放在後院棚屋裡的豬肉和掛起來的熊肉都結凍了，完全不會融化。

每當媽需要新鮮的肉時，爸就會用斧頭砍下一塊硬邦邦的熊肉或豬肉。若是媽需要香腸、醃豬肉、煙燻火腿或者鹿肉時，她可以自己到後院的棚屋或閣樓上拿。

雪不斷落下，小木屋四周的雪越堆越高。到了早上，窗戶都結滿了漂亮的霜，看起來像是樹木、花朵和小精靈的圖案。

媽說，這些圖案是霜小孩趁大家都睡著的時候畫的。羅蘭覺得霜小孩應該是個全身雪白的小小人，頭戴晶晶亮亮的白色帽子，腳上穿著柔軟的白色鹿皮及膝靴。他的外套是白色的、手套也是白色的。他不帶槍，而是帶著各種閃閃發亮的白色工具，用來雕刻圖案。

媽讓羅蘭和瑪莉用她縫衣服的頂針，在結霜的玻璃窗上畫漂亮的圓圈。但是她們從來不破壞霜小孩留下的圖案。

她們靠近窗戶、用嘴巴呵氣，讓白色的霜融化、形成水滴往下流。透過玻璃，她們看見外頭飄落的雪花和光禿禿的黑色大樹，純白的雪上映照著大樹藍色、細瘦的影子。

羅蘭和瑪莉每天都要幫媽的忙。早上，她們要擦拭碗盤。瑪莉比較大，所以擦的碗盤比羅蘭多，但是羅蘭會小心翼翼的擦乾自己的小杯子和小盤子。

擦拭好碗盤後，滾輪小床的熱氣也散得差不多了。羅蘭和瑪莉站在床的兩邊，一起把床罩拉平，並塞到床墊下，再把枕頭拍鬆、擺放整齊。接著，媽會把小床推到大床下面收好。

在這之後，媽就要開始一天的工作了。每天都有固定的工作要做，媽總是說：

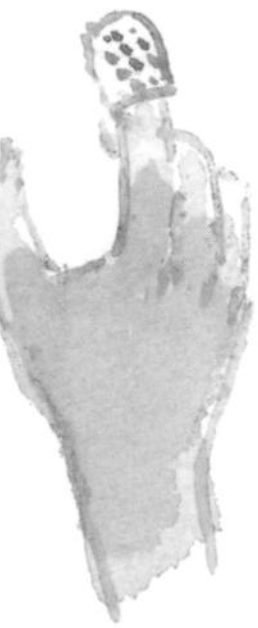

「禮拜一洗，
禮拜二燙，
禮拜三縫，
禮拜四攪奶油，
禮拜五大掃除，
禮拜六烤麵包，
禮拜天是休息天。」

一個禮拜當中，羅蘭最喜歡攪奶油和烤麵包的日子。

奶油在夏天是黃色的，冬天卻是白色的，看起來不太好看。媽喜歡餐桌上的每樣東西都漂漂亮亮的，所以她會替冬天的奶油上色。

媽先把鮮奶油放進高高的攪拌缸中，再把攪拌缸放在爐灶旁加熱，接著把一根長長的橘色胡蘿蔔洗淨削皮。然後，她拿出一個老舊、破洞的錫製平底鍋，爸已經替媽在平底鍋上用釘子開了很多個洞了。媽把胡蘿蔔在平底鍋的洞來回摩擦，直到胡蘿蔔全部被磨碎。最後，當平底鍋拿走後，下面就會有一小堆柔軟、多汁的胡蘿蔔泥。

她把胡蘿蔔泥和牛奶一起放進爐灶上的小鍋子中，加熱後再把這鍋牛奶和胡蘿蔔倒進布袋裡，接著她擠壓布袋。從布袋中擠出來的牛奶會呈現亮黃色澤，媽把這些黃色的牛奶倒入攪拌缸裡，就可以替鮮奶油上色。如此一來，做出來的奶油就會是黃色的了。

媽擠完牛奶後，羅蘭和瑪莉可以把剩下的胡蘿蔔渣吃掉。瑪莉認為自己年紀比較大，可以多吃一點，但是羅蘭說她才應該多吃，因為她的年紀比較小。但是媽認為她們兩個人應該要平分。胡蘿蔔渣真的很好吃。

準備好鮮奶油後，媽會把木製攪拌棒用滾水燙過，放進攪拌缸中，再將木製的蓋子放在攪拌缸上。攪拌缸的蓋子中間有一個圓形的洞，媽會把攪拌棒穿過上面的圓洞，不斷上下抽壓、攪拌。

攪奶油要花很長一段時間。瑪莉會在媽休息時幫忙攪拌奶油，但是羅蘭沒辦法幫忙，因為攪拌棒對她來說太重了。

一開始，攪拌缸的圓孔旁邊會濺出濃稠、滑順的鮮奶油，攪打一陣子之後，濺出的鮮奶油逐漸出現顆粒狀的物體，這時，媽就會開始放慢攪奶油的動作，攪拌棒上的奶油顆粒變得越來越多。

奶油攪好後，媽把攪拌缸的蓋子拿起來，一塊奶油在脫脂牛奶中載浮載沉。媽用木瓢把奶油盛進木碗中，用冷水洗過一遍又一遍，還不斷用木瓢將奶油翻過來又翻過去，直到洗乾淨為止，最後在奶油上面撒點鹽。

接下來，就是攪奶油中最好玩的時候了！媽有一塊幫奶油塑形的木製模型，模型有活動底蓋，底蓋上刻著一顆草莓，草莓旁邊還有兩片葉子。

媽把奶油放進模型中，用力壓緊。接著，把模型翻過來，放在盤子上，推動底蓋上的把手，一塊緊實、金黃色的奶油就被推了出來，奶油上面還印著草莓和葉子的圖案。

羅蘭和瑪莉站在媽的旁邊，屏住呼吸看著媽從奶油模型中，把印有草莓圖案的金黃色奶油推出來、落在盤子上。接著，媽給羅蘭和瑪莉喝一點新鮮、美味的脫脂牛奶。

禮拜六是烤麵包的日子，羅蘭和瑪莉都會得到一塊麵團，用來做小麵包。有時候，她們還能拿到一點餅乾麵團，可以做小餅乾。有一次，羅蘭甚至用餅模做了一個派。

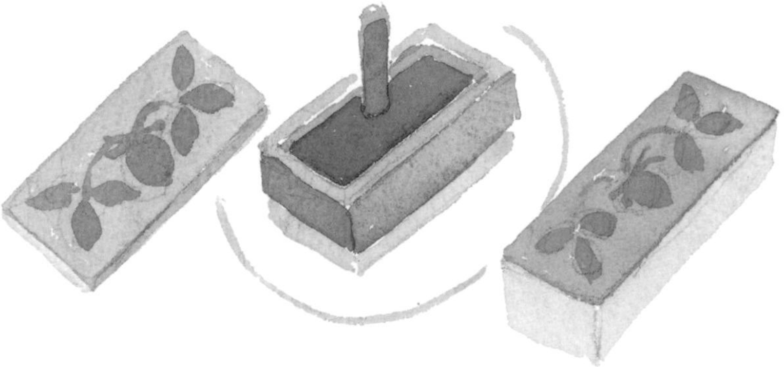

有時候，媽會在當天工作完成後，幫她們剪紙娃娃。媽用白色的卡紙剪出娃娃，用鉛筆在上面畫臉。接著，再用小小的色紙剪出衣服、帽子、蝴蝶結和蕾絲，讓羅蘭和瑪莉可以幫紙娃娃穿上美麗的衣服。

但是，最棒的還是晚上，爸回家後的那段時光。

爸踏著沉重的步伐從下著雪的森林中回來，鬍鬚末端還掛著細小的冰柱。他把獵槍掛到門邊的牆上，脫下毛皮帽子、大衣與露指手套，接著喊：「我那可愛的小甜酒在哪裡呀？」

他說的是羅蘭，因為羅蘭實在太小了。

羅蘭和瑪莉跑到爸的身邊，當爸坐在火爐邊取暖時，她們就爬上他的膝蓋，坐在他的腿上。過了一會兒，爸會再度穿上毛皮帽子、大衣與露指手套，到外面去完成每天的雜務，再把生火用的木柴拿進屋內。

有時候，如果捕獸夾都是空的，爸就會迅速檢查完所有捕獸夾；有時候，他比平常快打到獵物，就會提早回家和羅蘭、瑪莉一起玩。

她們最愛的遊戲是「瘋狗」。爸會用手把頭上又濃又密的棕髮抓蓬，讓頭髮豎起來，接著四肢著地，嘴裡發出咆哮聲，滿屋子追著羅蘭和瑪莉跑，試圖把她們逼到角落裡。

她們躲得快、跑得也快，但是，爸有一次成功把她們逼到爐灶後的木箱旁。她們沒辦法從爸的面前過去，也找不到其他路可以逃走。爸的咆哮聲實在太可怕了，他的頭髮蓬亂、眼神兇猛，就像真的瘋狗。

瑪莉被嚇得動彈不得，但是當爸靠過來時，羅蘭發出了一聲尖叫，拉著瑪莉猛力一跳再往上一爬，便跳上了木箱。

瘋狗立刻消失，只剩下爸站在那裡，用晶亮的藍眼睛望著羅蘭。

「哇！」他對羅蘭說，「妳只是小小一瓶甜酒，但是妳強壯得像一匹法國小馬呢！」

「查爾斯，你不應該這樣嚇孩子，」媽說，「你看看她們的眼睛被嚇得多大呀。」

爸看了看她們，拿出他的小提琴，開始唱歌。

「美國佬進城去，
他穿著條紋褲子，
他發誓沒有看見城，
只看到房子多得嚇死人。」
羅蘭和瑪莉立刻把瘋狗拋到腦後了。

「他看見好多大炮，
有楓葉樹幹那麼大，
每次要把大炮轉向，
都要兩隻牛一起拖。
他們每一次要開炮，
火藥粉都用一大堆，
炮聲就像父親的槍，
不過聲音大上百倍。」

爸一邊唱歌，一邊用腳打節拍，羅蘭跟著節奏拍手。

「我要唱美國佬的歌，
我要唱美國佬傻瓜，
我要唱美國佬的歌，
我要唱美國佬傻瓜！」

荒涼的大森林下著寒冷的雪，但是小木屋裡溫暖、愜意又舒適。爸、媽、瑪莉、羅蘭和小寶寶琳琳快樂又安心的待在小木屋裡，享受最美好的夜晚時光。

火焰在壁爐裡閃耀著光芒，寒冷、黑暗和野獸統統被關在門外，斑點牛頭犬阿吉與黑貓蘇蘇躺在壁爐前，昏昏欲睡的看著火光。

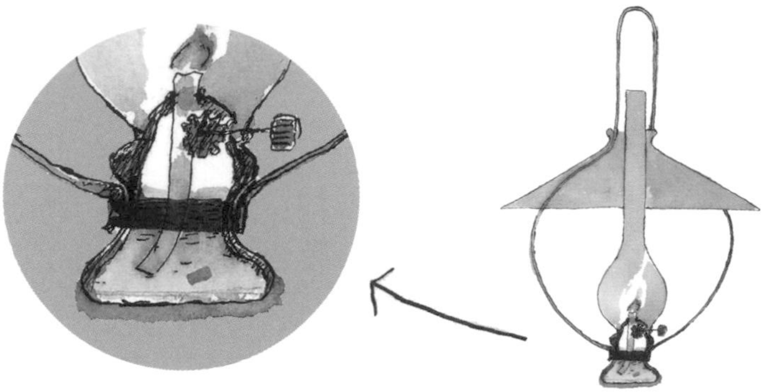

媽坐在搖椅上，藉著身旁桌上的油燈光線縫補衣物。油燈燦爛明亮，底部的玻璃碗中裝有煤油，煤油裡加了用來預防爆炸的鹽巴，也加了讓油燈更漂亮的紅色法蘭絨。油燈看起來真漂亮。

羅蘭喜歡盯著油燈看。油燈的玻璃燈罩乾淨又閃亮，黃色的火焰穩定的燃燒著，裝著清澈煤油的碗裡面漂浮著一些紅色法藍絨。她也喜歡盯著壁爐裡的火看，火焰無時無刻都在閃爍、變換，木頭上燃燒著紅黃交錯的火焰，有時還會出現綠色的火焰，而金紅色的煤炭則有藍色的火苗不斷徘徊。

接下來，爸要開始說故事了。

羅蘭和瑪莉央求爸說故事的時候，爸會把她們抱到膝蓋上，用長長的鬍子搔她們癢，直到她們放聲大笑。他的藍眼睛中閃著快樂的光芒。

一天晚上，黑貓蘇蘇在火爐前伸懶腰，她把爪子伸出來又縮回去，爸看著蘇蘇說：

「妳們知道黑豹嗎？那是一種貓，一種很強壯、很大的野貓。」

「不知道。」羅蘭說。

「嗯，黑豹就是一種貓。」爸說，「如果黑貓蘇蘇變得比阿吉還要大，叫聲也比阿吉還要兇猛的話，就跟黑豹差不多了。」

他讓羅蘭和瑪莉舒服的坐在他的膝上，接著說：「我要告訴妳們一個關於爺爺和黑豹的故事。」

「你的爺爺嗎？」羅蘭問。

「不是，羅蘭，是妳的爺爺。我的父親。」

「噢。」羅蘭應了一聲，她往爸的懷裡靠了靠。她看過爺爺，爺爺也住在大森林裡，住在離他們很遠很遠的一棟大木屋裡。爸開始說故事了……

爺爺和黑豹的故事

「有一天，爺爺進城裡辦事情，啟程回家時已經有點晚了。他騎著馬進入大森林時，天色已經暗了，他幾乎看不到路。這時，他聽到了黑豹的吼叫聲。他嚇壞了，因為他沒有把槍帶在身上。」

「黑豹是怎麼叫的？」羅蘭問。

「像女人一樣，」爸說，「像這樣。」他叫了一聲，嚇得羅蘭和瑪莉瑟瑟發抖。

媽從椅子上跳起來，說：「天啊，查爾斯！」

但是羅蘭和瑪莉喜歡被爸嚇到的感覺。

「爺爺騎的馬也嚇壞了，牠跑得飛快。但還是沒辦法擺脫那隻黑豹。黑豹在夜晚的樹林裡穿梭，跟在他們後面。這隻黑豹很餓，跑起來和馬一樣快，牠一下子在左邊吼叫，一下子又跑到右邊，一直緊緊跟著他們。

「爺爺坐在馬鞍上，傾身催促馬跑得快一點。馬已經用最快的速

度在奔跑了，但是黑豹的吼叫聲還是緊追在後。

「這時，爺爺看到了那隻黑豹，牠從一棵樹的樹梢跳到另一棵樹上，幾乎跳得比爺爺還要高。

「黑豹又大又黑，就像蘇蘇撲向老鼠一樣在空中跳躍。牠比蘇蘇大上好多、好多倍，大到只要跳到爺爺身上，就可以用大而鋒利的爪子和尖銳的牙齒把爺爺殺掉。

「爺爺騎在馬背上，就像被貓追的老鼠。

「這時，黑豹不再發出吼叫了，爺爺也沒有看到牠的身影。但是爺爺知道黑豹還在窮追不捨，在他身後那片黑暗的森林中向前躍進。馬用盡全力的狂奔。

「最後，馬終於跑到爺爺家了，這時，爺爺看到黑豹一躍而起。當馬抵達大門口時，爺爺從馬背上跳下來、衝進屋內，接著用力把門甩上。黑豹跳到馬背上，正好是爺爺剛剛坐的位置。

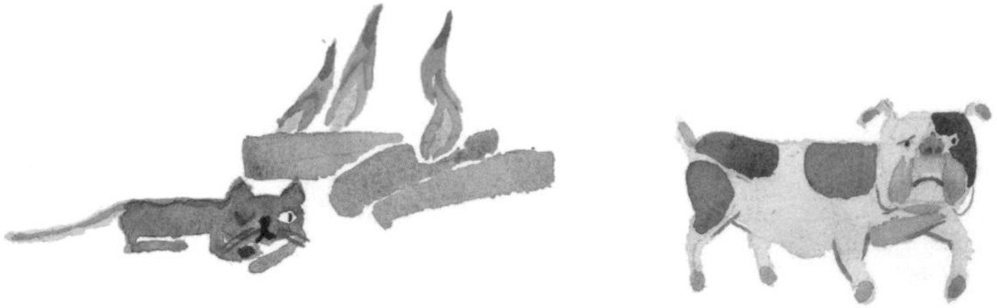

「爺爺的馬被嚇得尖聲嘶鳴，牠拚命的往大森林裡跑去，而黑豹騎在牠的背上，用爪子撕扯馬背。爺爺拿起掛在牆上的獵槍，走到窗邊，開槍把黑豹射死了。

「爺爺說，他再也不會沒帶獵槍就進入大森林裡了。」

爸說故事的時候，羅蘭和瑪莉都微微顫抖著，不斷往他身上靠得更緊。爸用強壯的手臂抱著她們，讓她們覺得安全多了。

她們喜歡這裡，喜歡坐在溫暖的火邊，黑貓蘇蘇在火爐旁發出舒服的呼嚕聲，乖狗狗阿吉則躺在蘇蘇身旁。當阿吉聽見外面傳來狼嚎時，會抬起頭，豎起背上的毛。所以，羅蘭和瑪莉聽見既黑暗又寒冷的大森林傳來孤獨的嚎叫聲時，並不害怕。

雪花飄落在屋頂上，寒風無法靠近屋內的火焰而發出哭號，在這棟小木屋裡，她們既安全又舒適。

3. 爸的獵槍

每天晚上，爸都會在講故事前，製作隔天打獵時要用的子彈。羅蘭與瑪莉會在一旁幫忙。她們把長柄大湯匙、裝滿鉛塊的盒子和子彈模型拿給爸。爸蹲在壁爐前製作子彈時，她們會坐在旁邊看。

首先，爸把小鉛塊放進大湯匙中，接著放到燃燒的炭塊上讓鉛塊融化。當鉛塊完全融化後，他會謹慎的把湯匙中的液體倒進子彈模型的小孔中，一分鐘後，再把模型打開，一顆剛做好、亮晶晶的子彈就會滾落到地板上。

剛做好的子彈很燙，羅蘭和瑪莉不該伸手碰，但是，有時候剛做好的子彈太迷人了，她們還是會忍不住伸手去碰，這樣一來，就會燙到手指頭。但是她們從不會喊痛，畢竟爸早就警告過她們，不要碰剛做好的子彈了。所以，如果她們燙到手指頭，就是她們的錯，她們應該要留心爸的警告。所以，她們會把燙到的手指頭放進嘴裡降溫，繼續看爸製作更多子彈。

當爐火前堆了一小堆亮晶晶的子彈後，爸才會停下。他把子彈放涼，用折疊刀修掉突起的鉛塊。接著，他把這些修掉的小鉛塊聚集起來，小心翼翼的收好，留待下次做子彈時再拿來使用。

爸把做好的子彈放進子彈袋中。子彈袋是媽用爸獵到的鹿皮做的

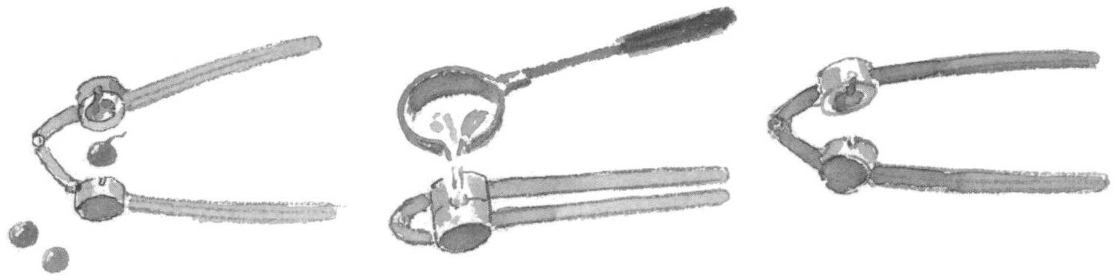

漂亮小袋子。

做好子彈後，爸會把掛在牆上的獵槍拿下來清理。爸帶著獵槍在下著雪的森林裡走了一整天，槍管可能會有點潮溼，而且還殘留著火藥粉的煙塵。

爸把槍管下的通條抽出來，在通條尾端綁上一塊乾淨的布。他在火爐前的地板放一個平底鍋，把槍的尾部立在鍋內，接著把茶壺裡的熱水倒進槍管裡。接著，爸動作迅速的把通條塞進槍管中，來回抽動，被染黑的熱水就會從槍管上的小洞噴出來，這個小洞在槍上膛時，會用火帽堵起來。

爸繼續倒入更多熱水、用綁著布的通條清潔槍管，直到流出來的水變清澈，獵槍就清乾淨了。倒進獵槍內的水一定要是滾燙的熱水，這樣才能加熱鋼管，讓裡面的水分蒸發。

接下來，爸將一塊上了油的乾淨布條放在通條上，趁著槍管還熱著的時候，替槍管內部上油。然後再拿另一塊上了油的乾淨布條，用來擦拭槍枝外部，把每個角落都擦得亮晶晶的。最後，他把槍托的木頭也擦得光亮。

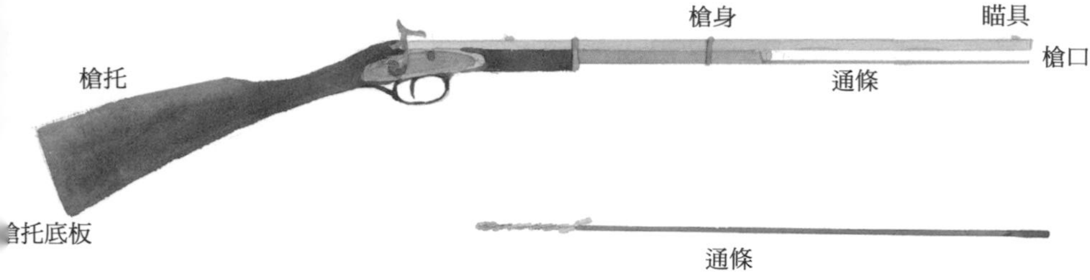
槍身
瞄具
槍口
槍托
通條
槍托底板
通條

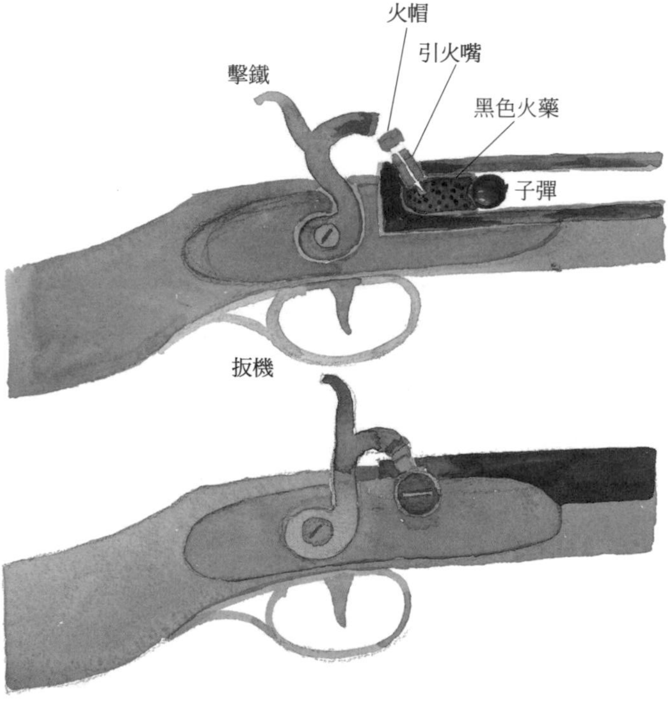
火帽
引火嘴
擊鐵
黑色火藥
子彈
扳機

現在，他可以再次替槍上膛了，羅蘭和瑪莉每次都會在旁邊幫忙。爸筆挺的站著，把獵槍直立起來、槍托朝下，羅蘭和瑪莉分別站在他的兩側。他說：

「現在，妳們要緊盯著我的動作，如果我做錯的話，要趕快告訴我。」

她們緊盯著爸的動作，但是爸從來沒有做錯任何一個步驟。

羅蘭把表面光亮平滑的牛角拿給爸。牛角裡裝滿了火藥，頂部有一個小小的金屬蓋，爸在金屬蓋中倒滿火藥粉，接著把火藥粉倒進槍管中，然後輕輕晃了晃獵槍，再輕拍槍管幾下，確認所有火藥都倒進了底部。

「我的碎布盒在哪裡？」爸問。瑪莉把一個小錫盒遞給他，盒子裡裝滿上了油的小塊布片。爸拿出一塊上了油的布片、放在槍口上，再將一顆光亮的新子彈放在油布片上，接著用通條把子彈與油布片一起推進槍管中。

他用通條把子彈和油布片緊緊壓到火藥裡。通條打到子彈時，會向上回彈，爸立刻抓住通條，又再次插入槍管裡。他花了很長一段時間重複這個動作。

接下來，他把通條放回槍管外的卡榫中，再從口袋裡拿出一盒火帽，拉起槍的擊鐵，將閃亮的火帽塞進擊鐵下的小孔中。

接著，爸小心翼翼的把擊鐵放下。如果擊鐵落下的速度太快——「砰！」獵槍就會走火。

現在，獵槍已經上好膛了，爸把獵槍放在門板的掛鉤上。

爸在家的時候，會把獵槍掛在門上兩個木製掛鉤上。掛鉤是爸用新鮮的木頭雕刻而成的，掛鉤的尾端筆直的插在木頭門板的洞裡，另一端則雕刻成向上彎曲的形狀，讓爸能穩穩的把獵槍放在上面。

獵槍必須上好膛、掛在門上，這樣爸要用時，才能立刻拿到。

進入大森林前，爸一定會確認子彈袋裡裝滿了子彈，口袋裡放著錫製碎布盒和火帽盒。他把裝有火藥的牛角和銳利的小型手斧別在腰帶上，肩上背著上好膛的獵槍。

爸說，在射擊後，一定要立刻再次上膛，因為他不想在獵槍沒上膛的時候遇到什麼麻煩。

每次射擊野生動物之後，爸就會停下來重新上膛——倒出少量火

子彈袋

裝火藥的牛角

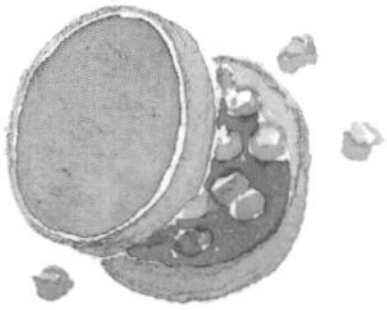

火帽盒

藥粉、把火藥放進槍管裡搖一搖、把油布片和子彈放到槍口並用力推進底部、在擊鐵下放進新的火帽——才能再次射擊。爸在獵熊或黑豹時，第一槍就要打中獵物的要害。否則受傷的熊或黑豹，會在爸重新幫獵槍上膛時，把他咬死。

不過羅蘭和瑪莉從不擔心爸獨自進入大森林裡，她們知道爸會讓熊和黑豹一槍斃命。

新子彈做好、獵槍也上膛後，就是說故事的時間了。

「告訴我們森林裡的聲音的故事。」羅蘭央求他。

爸瞇起眼睛看向她。「喔，不！」他說，「妳們不會想聽我還是個淘氣小男孩時的故事啦。」

「噢，哪有，我們想聽！我們想聽！」羅蘭和瑪莉說。於是爸開始說故事了……

爸和森林裡聲音的故事

「我還是個小男孩的時候，每天下午都要去森林裡找牛，把牠們趕回家。那時，我只比瑪莉再大一點而已，我父親總是告訴我，在路上不准貪玩，要在天黑前把牛趕回家，因為森林裡有熊、狼和黑豹。

「有一天，我比平常還要早出門，我以為這樣就不用趕時間了。我被森林裡各式各樣的東西吸引了目光，忘記天就要黑了。紅松鼠棲息在樹上、花栗鼠從枝葉間匆匆跑過，還有小兔子在空地玩耍。妳們知道，小兔子總會在上床睡覺前一起玩遊戲。

「我假裝自己是一名厲害的獵人，正在追蹤野生動物和印第安人。我假裝自己正在和印第安人交戰，樹林裡到處都是野人，接著，我突然聽到鳥兒對我唱著『晚安』。道路變得昏暗不明，森林裡一片漆黑。

「我知道我必須立刻把牛趕回家，否則在牠們平安進入牛舍前，天就會完全黑了。但是我找不到我家的牛！

「我側耳傾聽，但是沒有聽到牛鈴的聲音。我叫喚牛群，但是沒有牛過來。

「我很害怕黑暗和野生動物，但是我更不敢沒有找到牛群就回家面對父親。所以我在森林裡一路奔跑，一邊找一邊喊。周圍的影子越來越暗，天色越來越黑，森林好像變大了，樹木和灌木叢的樣子變得很陌生。

「我一直找不到我們家的牛。我爬上山坡，一邊尋找一邊叫喚，又走進黑暗的山谷，一邊叫喚一邊尋找。我停下來，想聽聽看有沒有牛鈴的聲音，但是只聽到葉子正沙沙作響。

「接著，我聽到了很響亮的呼吸聲，還以為有黑豹躲在身後的那片黑暗中。但那其實是我自己的呼吸聲。

「我光著腳跑過森林，被荊棘劃傷，也被灌木的樹枝刺傷。但我繼續跑，一邊找一邊喊：『大牛！大牛！』

「『大牛！大牛！』我聲嘶力竭的大喊，『大牛！』

「這時，頭上突然出現一個聲音：『嗚。』

「我的頭髮豎了起來。

「『嗚，嗚。』那個聲音又出現了。接著，我開始飛快的逃跑！

「我把牛群忘了個精光，只想要趕快逃離黑漆漆的森林，立刻回家。

「黑暗中的聲音跟在我後面：『嗚——嗚。』

「我用盡全力狂奔。跑到喘不過氣來，還是繼續奔跑。有東西抓住了我的腳，我跌倒了。但是我跳起來繼續跑。就算有狼在後面追，也追不到我。

「最後，我終於逃出了黑暗森林，跑回了牛舍外。牛群都在牛舍外等著我放牠們進去。我把牠們趕進牛舍後，跑回了房子裡。

「我父親抬頭看著我，說：『年輕人，你怎麼會這麼晚回來？沿路都在玩嗎？』

「我低頭盯著腳，發現有一隻大拇趾的趾甲整片剝落了。我太害怕了，這時才感覺到痛。」

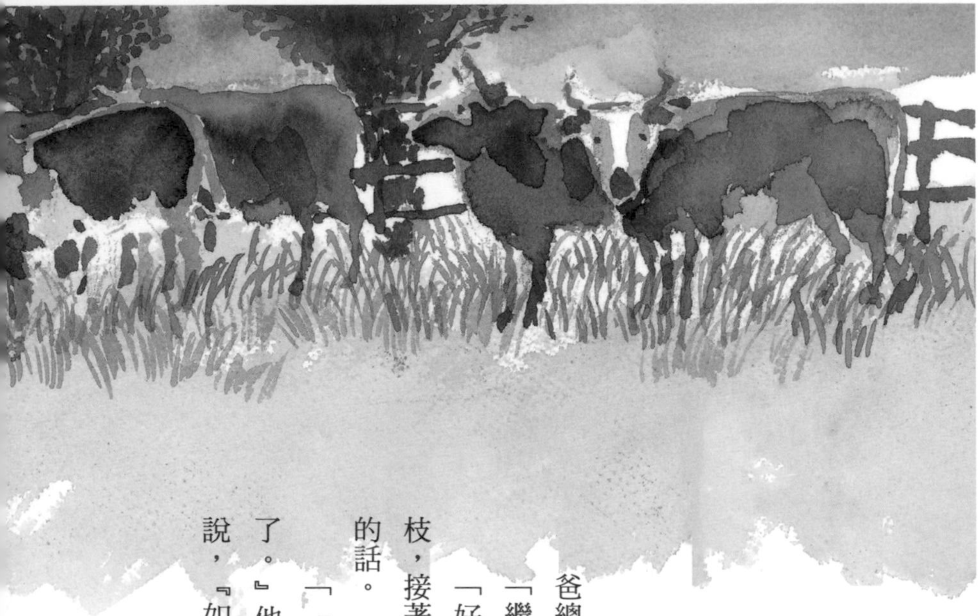

爸總是會在這時停下來，等著羅蘭說：

「繼續說麼，爸！拜託繼續說。」

「好吧，」爸說，「接著，妳爺爺走到庭院裡，砍下一根粗樹枝，接著回到屋內，狠狠的揍了我一頓，讓我從此以後都能記得他說的話。

「『你是個九歲的大孩子了，九歲已經大得足以記得我說的話了。』他說。『我告訴你不要在路上玩耍是有原因的，』爺爺接著說，『如果你照我說的做，就不會受傷了。』」

「然後呢？爸！」羅蘭在爸的腿上扭動著，「然後他說什麼？」

「他說：『如果你乖乖聽話，就不會到天黑了還待在大森林裡，也不會被一隻小貓頭鷹嚇成這樣了！』」

4. 聖誕節

聖誕節快到了。

小木屋幾乎快被雪埋起來。大片的雪花堆在牆邊和窗戶邊，早上爸打開門時，外面的積雪已經和羅蘭一樣高了。爸拿出鏟子鏟雪，鏟出一條通往牛舍的小路，牛舍裡的馬和牛，都溫暖舒適的待在各自的柵欄裡。

這幾天的天氣晴朗而明亮。羅蘭和瑪莉站在窗邊的椅子上，看著窗外閃閃發光的雪和樹。雪花堆積在光裸的黑色樹枝上，在陽光下不斷閃爍。小木屋的屋簷上懸掛著長長的冰柱，尖端幾乎要碰到地上的積雪，有些冰柱甚至和羅蘭的手臂一樣粗。這些冰柱就像玻璃一樣，折射出閃亮的光線。

爸從牛舍回來時，呼出來的氣就像煙霧一樣懸浮在空氣中。他吐出的霧氣在嘴唇周圍的鬍子上凍結成霜。

爸進屋後跺了跺腳，把靴子上的雪抖掉，接著一把抱起羅蘭，緊緊擁住她。羅蘭緊靠著爸冰冷的大衣，他鬍子上的微小冰霜也融化成水珠。

每天晚上，爸都忙著製作一大兩小的三塊木板。他先用刀削木頭，再用砂紙和手掌來回摩擦，直到木頭摸起來像絲一樣光滑柔順。

接著，他換上折疊刀，在大木板的邊緣雕刻出小小的山峰與高塔，又在頂端刻出一顆大星星。他在木頭上雕出幾個小洞，再將小洞刻成窗戶、小星星、弦月和圓圈的形狀。接著，又在這些鏤空的孔旁雕上細小的葉子、花和鳥。

他把其中一小塊的木板雕刻出可愛的弧度，在邊緣刻上葉子、花和星星，再把整塊木板雕滿了弦月和花紋。

他在最小塊木板的邊緣雕上細小的藤蔓與花。

接著，他以緩慢、仔細的動作刻出細緻的紋路，組合成漂亮的圖案。

爸終於完成了這幾片木板，一天晚上，他把木板組裝起來。成品是一個穩固的小置物架，美麗的大片木板是置物架的背板。大星星位於架子的頂端。爸把帶有弧度的木頭刻得很美，這塊木頭被用來當作支撐架子的底座。架子的邊緣布滿了細緻的藤蔓。

這是爸送給媽的聖誕禮物，他小心翼翼的把置物架掛在窗戶間的木牆上，媽把心愛的小陶瓷娃娃放在架子上。

小陶瓷娃娃頭上戴著小陶瓷帽子，陶瓷捲髮貼在陶瓷臉頰旁，身上穿著的陶瓷洋裝帶有一條蕾絲滾邊，還穿了粉色的陶瓷圍裙和金色的陶瓷小鞋。

媽整天都忙著為聖誕節準備美味的食物。她烤了發酵麵包、高粱黑麥麵包、瑞典脆餅，以及一大鍋烤豆子搭配醃豬肉與糖蜜。她烤了果醋派和乾蘋果派，做了滿滿一罐餅乾，還讓羅蘭和瑪莉舔一舔做蛋糕用的湯匙。

早上，媽把蜜糖和糖一起燉成濃稠的糖漿。爸拿了兩個平底鍋，在外面裝了兩鍋乾淨的白雪。羅蘭和瑪莉一人拿著一個平底鍋，爸和媽示範如何把深色的糖漿慢慢倒在雪上。

羅蘭和瑪莉在平底鍋中的白雪上，用糖漿劃出圈圈、花紋和各種彎曲的線條，糖漿會在瞬間硬化，變成糖果。她們可以各吃一個糖果，但是其他糖果要留到聖誕節那天再吃。

之所以要做這麼多準備，是因為伊麗莎嬸嬸和彼得叔叔會帶強生堂哥，還有愛麗絲和艾拉兩位堂姊來過聖誕節。

他們在聖誕節前一天抵達。羅蘭和瑪莉聽到歡快的雪橇鈴聲由小而大，接著，一輛大雪橇從森林中出現，停在小木屋門口。伊麗莎嬸嬸、彼得叔叔和他們的孩子坐在雪橇裡，身上蓋著毯子、罩袍還有保暖的水牛皮。

他們穿了大衣、圍巾、面罩和披巾，看起來就像是一顆顆，又大又圓的球。

當他們走進小木屋後，屋子變得非常擁擠。黑貓蘇蘇跑出小木屋，躲進了牛舍中，阿吉則在雪中一邊跳一邊轉圈，快樂的吠叫聲完全停不下來。羅蘭和瑪莉現在可以和堂哥堂姊一起玩了！

伊麗莎嬸嬸幫堂哥堂姊把一層層外套脫掉，強生、愛麗絲、艾拉、羅蘭和瑪莉立刻興奮得又跑又叫。最後伊麗莎嬸嬸受不了，只好要求他們安靜一點。

愛麗絲說：「我知道我們要幹麼，我們來畫畫吧。」

愛麗絲說，畫畫一定要在戶外。媽覺得外面太冷了，羅蘭又太小，但是當她看到羅蘭失望的臉龐後特別通融，只能玩一下下。

媽幫羅蘭穿上大衣、手套，還有連帽斗篷，又在她的脖子上圍上圍巾，這才讓她出門。

羅蘭從來沒有玩得這麼盡興過。一整個早上，她都在門外和愛麗絲、艾拉、強生以及瑪莉一起在雪中畫畫。他們是這麼玩遊戲的：

每個人各自爬上一截樹樁，接著張開手臂，從樹幹上撲向又高又鬆軟的雪堆。他們著地時面朝下，爬起身時，必須盡量不破壞在地上製造出來的痕跡。

如果所有人都成功了，就能製造出五個印子，這五個印子的形狀會跟他們一模一樣，是有手有腳的四個女孩與一個男孩。他們把這個遊戲叫做「畫畫」。

他們整個白天都在玩耍，晚上也興奮得不想睡覺。但是他們一定要睡覺，否則聖誕老人就不會來了。所以，他們把襪子掛在火爐邊，禱告完後便上床睡覺了——愛麗絲、艾拉、瑪莉和羅蘭睡在地上的一張大床墊上。強生堂哥睡在小滾輪床上。伊麗莎嬸嬸和彼得叔叔睡在大床上，閣樓上另外鋪了一張床給爸和媽睡。本來放在彼得叔叔雪橇上的水牛皮和毯子，都被拿進屋，每個人都有被子可以蓋了。

爸、媽、伊麗莎嬸嬸和彼得叔叔坐在火爐邊聊天。當羅蘭快要睡著時，她聽見彼得叔叔說：

「有一次，我去大湖城時，伊麗莎差點就沒命了呢！你知道王子吧？我養的那隻大狗？」

羅蘭立刻清醒過來。她喜歡聽關於狗的故事。她像小老鼠一樣，一動也不動，看著木頭上閃爍的火光，聽著彼得叔叔說話。

「嗯，」彼得叔叔說，「那天一大清早，伊麗莎出發前往小溪邊提水，王子也跟著她去。她走到山谷邊緣，正要踏上通往小溪邊的下坡路時，王子突然露出牙齒，咬住她的裙子用力往後拉。」

「你們知道王子有多大隻。伊麗莎罵了牠幾聲，但是王子不願意鬆口。牠太大、太強壯了，伊麗莎根本沒辦法掙脫。王子一邊後退一邊拉著伊麗莎的裙子，還把裙子扯破了。」

「是我的那件藍色印花洋裝。」伊麗莎嬸嬸對媽說。

「天啊！」媽說。

「牠把裙子後面扯掉了一大塊，」伊麗莎嬸嬸說，「我氣得想要打牠一頓，但是這時，牠開始對我咆哮。」

「牠對妳咆哮？」爸說。

「沒錯。」伊麗莎嬸嬸說。

「之後，伊麗莎想繼續往小溪邊走。」彼得叔叔繼續說，「但是王子跳到她前面，對著她大聲吠叫。不管伊麗莎如何罵牠，王子都不理會，還不斷露出牙齒又吠又叫。伊麗莎想從王子身邊繞過去，但是

牠擋在她的面前，還不斷對著她吼叫。這讓她嚇壞了。」

「這的確很嚇人啊！」媽說。

「那時的王子兇極了！我還以為牠會咬我。」伊麗莎嬸嬸說，「我相信，必要的話王子真的會咬我。」

「簡直令人不敢相信！」媽說，「後來到底怎麼樣了？」

「我轉身往回跑，進到屋子後就立刻把門用力關上。那時，孩子們都在屋子裡。」伊麗莎嬸嬸回答。

「王子對陌生人很兇，」彼得叔叔說，「但是牠一直對伊麗莎和孩子們很和善，所以我總是很安心的讓他們待在一起。伊麗莎完全不懂這是怎麼一回事。

「伊麗莎回到家以後，王子還是在外面一邊繞圈圈一邊低吼。每次伊麗莎想要開門，王子就會撲到她面前對著她吠。」

「牠瘋了嗎？」媽說。

「我那時也是這麼想的。」伊麗莎嬸嬸說，「我不知道該怎麼辦，只能和孩子一起被關在房子裡，不敢走出門。屋子裡一滴水也沒有。就連在門口拿點雪來融化成水都不行，每次只要把門開一道小縫，王子就撲過來，彷彿要把我撕碎。」

「你們被關在房子裡多久？」爸問。

「一整天，直到傍晚為止。」伊麗莎嬸嬸說，「彼得把槍帶出去了，否則我就會拿槍射殺王子。」

「到了傍晚，」彼得叔叔說，「王子就安靜了下來，在門前面趴下來。伊麗莎以為牠睡著了，決定試著從牠旁邊溜過去，到溪邊提一點水回來。

「她靜悄悄的打開門，但王子立刻就醒了。牠看到伊麗莎手上拿著水桶便站起來，領著伊麗莎走向溪邊，就和平常一樣。伊麗莎走到溪邊之後，發現溪邊的雪地上滿是豹留下來的腳印。」

「那些腳印跟我的手一樣大。」伊麗莎嬸嬸說。

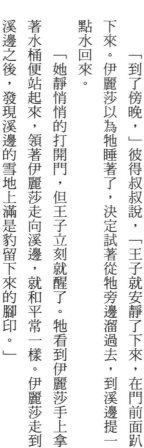

「對，」彼得叔叔說，「那隻豹很大。牠的腳印是我看過最大的了。要是早上王子讓伊麗莎去溪邊提水，伊麗莎一定會被牠抓住。我觀察過那些腳印，那隻豹本來躺在溪邊的大橡樹上，等著來喝水的動物。要是伊麗莎過去了，牠一定會跳到伊麗莎身上。

「伊麗莎看到腳印的時候，天已經快黑了，她立刻提著水回到屋子裡。王子緊跟在她身後，沿途不斷回頭望向山谷。」

「我把王子也帶進屋子裡，」伊麗莎嬸嬸說，「我們統統待在屋子裡，直到彼得回家為止。」

「你有抓到牠嗎？」爸問彼得叔叔。

「沒有。」彼得叔叔說，「我帶著槍在周圍搜尋了幾遍，但是沒有找到牠。我看到不少腳印，牠往北邊走，進到森林更深處去了。」

愛麗絲、艾拉和瑪莉都醒了，羅蘭用被子把頭蓋起來，悄聲對愛麗絲說：「天啊！妳當時害怕嗎？」

愛麗絲低聲說她很害怕，但是艾拉更害怕。艾拉卻說她才不怕。「好吧，反正妳那時候只是一直吵著要喝水。」愛麗絲悄聲說。

她們躺在一起說悄悄話，直到媽說：「查爾斯，拉首曲子吧，否則她們永遠也不會睡著。」於是爸把小提琴拿了出來。

小木屋裡盈滿了火光，顯得溫暖又安寧。媽、伊麗莎嬸嬸、彼得叔叔的巨大影子被搖曳的火光投射在牆上，不斷晃動。爸的小提琴愉快的唱起了歌。

小提琴演奏了〈錢鼠〉、〈紅色母牛〉、〈魔鬼之夢〉和〈阿肯色旅行者〉。羅蘭進入夢鄉時，爸和小提琴正輕柔的一起唱著：

「我親愛的奈麗，他們帶妳遠去。
我再也見不到親愛的妳……」

第二天早上，他們幾乎在同一時間醒來。他們看向襪子，發現裡面裝了東西。聖誕老人來過了！

愛麗絲、艾拉和羅蘭都穿著紅色法蘭絨睡裙，彼得則穿著紅色法蘭絨睡褲，他們一邊大吼大叫一邊跑到火爐旁，想知道聖誕老人在襪子裡面放了什麼東西。

每隻襪子裡都有一雙亮紅色的手套，還有一根又長又扁的紅白條紋薄荷糖，上面布滿了漂亮的刻痕。

一開始，他們都開心得說不出話來，只能用閃亮的眼睛盯著可愛的聖誕禮物。所有人當中，羅蘭最開心了，因為她得到了一個真正的布娃娃。

娃娃很漂亮，她的臉是白布做的，眼睛是黑鈕扣，眉毛是用黑色的鉛筆畫上去的，臉頰和嘴脣用紅莓汁染得豔紅，美麗的黑捲髮是用毛線編織而成。

她的腳上穿著小小的紅色法蘭絨襪和黑色小鞋子，身上穿著用粉紅色、藍色棉布裁剪的美麗洋裝。

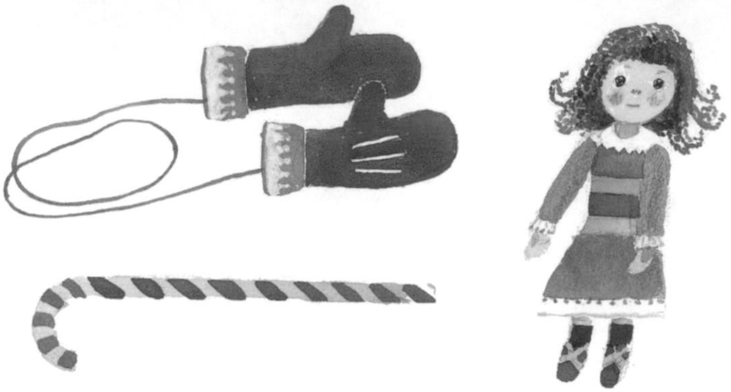

羅蘭一句話也說不出來，這個娃娃真的太美了。她緊緊把布娃娃抱在胸前，忘了周圍還有其他人。她不知道每個人都在看她，直到伊麗莎嬸嬸說：「有人看過這麼大的眼睛嗎！」

除了美麗的布娃娃，羅蘭跟其他人一樣都收到手套、糖果，其他女孩並沒有因為羅蘭收到布娃娃而忌妒，因為羅蘭只比小寶寶琳琳和伊麗莎嬸嬸的小寶寶朵麗大一點點而已。小寶寶還太小，不會玩布娃娃，連聖誕老人是誰都不知道。她們只會興奮得把手指放進嘴巴裡，不斷扭動身體。

羅蘭抱著洋娃娃坐在床沿。她愛極了紅色手套，也愛極了糖果，但是她最愛的，還是布娃娃。她幫布娃娃取名叫做：蒂蒂。

他們輪流欣賞彼此的手套，又試戴自己的手套。強生一口就咬下一大塊糖果，但是愛麗絲、艾拉、瑪莉和羅蘭都小口小口的舔著自己的糖果，這樣就可以吃久一點。

「看看、看看！」彼得叔叔說，「難道沒有一隻襪子裡只放了一根藤條嗎？天啊、天啊，看來你們都是乖小孩囉？」

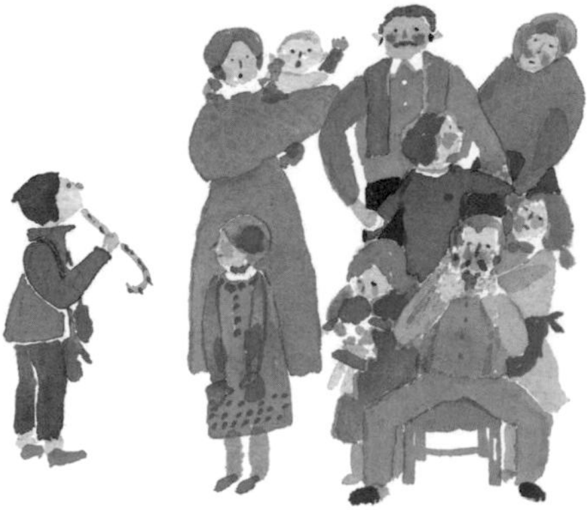

他們不相信聖誕老人會只給他們一根藤條。這種事或許會發生在其他孩子身上，但是絕對不會發生在他們身上。因為他們在這一整年的每一天、每一刻，都非常努力當個乖小孩。

「彼得，不要取笑孩子們。」伊麗莎嬸嬸說。

媽說：「羅蘭，妳不打算把布娃娃借給其他人抱一抱嗎？」她的意思是：「小女孩不可以太自私。」

因此，羅蘭把美麗的布娃娃借給瑪莉、愛麗絲和艾拉抱一下。她們都摸了摸布娃娃漂亮的洋裝，又讚美了紅色法蘭絨襪、小鞋子和黑色的羊毛線捲髮。但是當蒂蒂安全的回到羅蘭懷裡時，仍然讓她覺得好開心。

爸和彼得叔叔都得到了一雙溫暖的新手套，上面織著紅白相間的小方塊。手套是媽和伊麗莎嬸嬸織的。

伊麗莎嬸嬸送給媽一個塞滿丁香的大蘋果。聞起來香極了！蘋果裡塞了滿滿的丁香，可以避免蘋果腐爛，保持香甜。

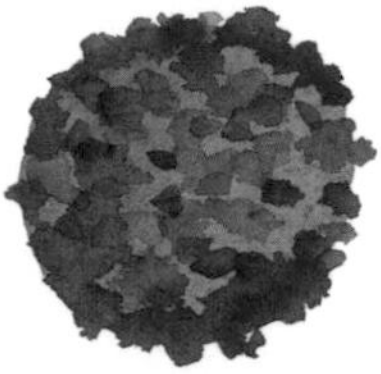
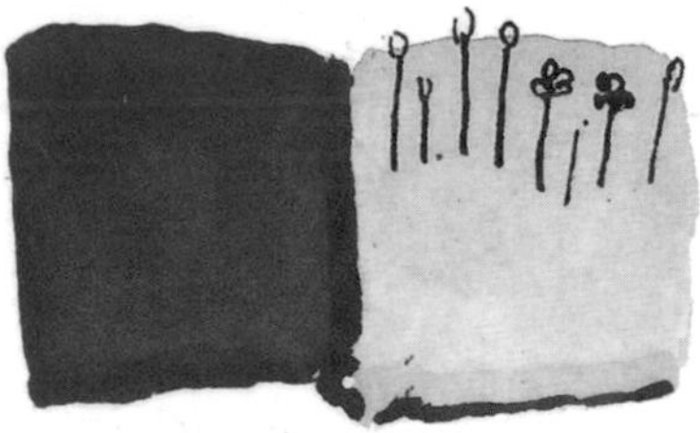
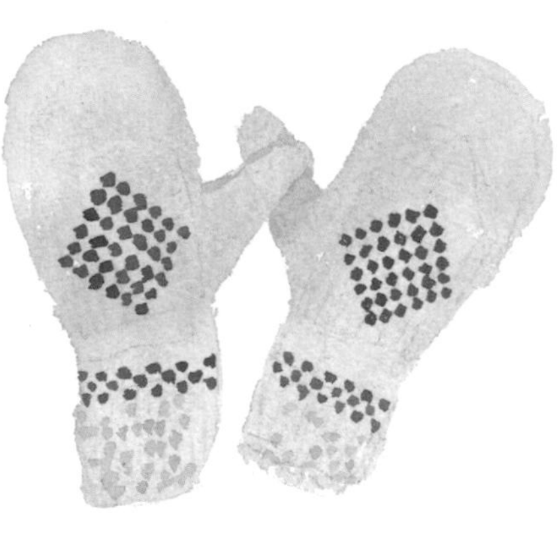

媽做了一個書本形狀的小針插送給伊麗莎嬸嬸，她用絹絲裝飾封面，用白色的法蘭絨做成可以插針的書頁。法蘭絨可以避免針生鏽。

每個人都很喜歡媽的美麗置物架，伊麗莎嬸嬸還要彼得叔叔也做一個置物架給她——當然，上面的花紋必須不一樣。

聖誕老人沒有送禮物給他們。因為聖誕老人不會送大人禮物，但是這不是因為大人不乖。爸和媽一向很乖，只是因為他們已經是大人了，大人必須互相送禮物給對方。

接下來，他們必須將所有禮物先放在一旁。強生堂哥跟著爸和彼得叔叔到屋外做每天的雜務，愛麗絲和艾拉也來幫伊麗莎嬸嬸鋪床，羅蘭和瑪莉則負責在媽做早餐時擺好餐具。

早餐吃鬆餅，媽替每個孩子做了鬆餅人。每個孩子輪流帶著盤子，到爐灶邊看著媽用一大湯匙的麵糊做出鬆餅人的手、腳和頭。看著媽又快又小心的把熱鍋上的鬆餅人翻面時，最刺激了。煎好後，媽把熱騰騰的鬆餅人放到盤子上。

強生馬上就吃掉了鬆餅人的頭。而愛麗絲、艾拉、瑪莉和羅蘭則是小口小口的慢慢吃，先吃手和腳，再吃身體，鬆餅人的頭則留到最後。

這天的天氣很冷，他們不能去外面玩，但是可以在小木屋內互相欣賞對方的新手套，還有糖果可以吃。他們一起坐在地板上看聖經裡的畫，也看看爸的大綠皮書裡，各種動物圖案。羅蘭一直把蒂蒂抱在懷裡。

接著，就是聖誕大餐了。愛麗絲、艾拉、強生、瑪莉和羅蘭吃飯時都安安靜靜的，他們知道小孩子在餐桌上應該保持安靜，不能說話。他們不需要開口要求添加食物，因為媽和伊麗莎嬸嬸不斷的用美味食物把他們的盤子塞滿。

「一年一次的耶誕節啊！」伊麗莎嬸嬸說。

他們很早就開始吃聖誕大餐了，因為伊麗莎嬸嬸、彼得叔叔和堂哥堂姊的家很遠。

「讓馬用最快的速度奔跑的話，」彼得叔叔說，「我們大概會在天黑前回到家。」

吃過聖誕大餐後，爸幫彼得叔叔把雪橇套到馬身上，媽和伊麗莎嬸嬸則幫堂哥堂姊穿好衣服。

他們穿上羊毛襪子與鞋子，接著又在外面套上一層羊毛襪，穿上手套、大衣、溫暖的連帽披肩，又在脖子圍上圍巾，並用厚厚的羊毛面罩蓋住臉頰。媽把又熱又燙的烤馬鈴薯放進他們的口袋，讓他們的手指保持溫暖，伊麗莎嬸嬸的熨斗在爐灶上烤得熱熱的，放在雪橇上擱腳的地方。毯子、被子和保暖的水牛皮也都是暖的。

他們在舒適、溫暖的大雪橇坐好後，爸把最後一件罩袍緊緊蓋在他們身上。

「再見！再見！」他們一邊喊著一邊離開了，馬匹小跑著前進，雪橇鈴叮噹作響。

沒多久，輕快的鈴鐺聲就消失了，聖誕節結束了。但是今年的聖誕節真的好快樂啊！

5. 討厭禮拜天

冬天好長好長。羅蘭和瑪莉開始厭倦只能待在家裡玩了，尤其是禮拜天，時間過得特別緩慢。

每個禮拜天，瑪莉和羅蘭從裡到外，都要穿上最好的衣服、用新的緞帶綁頭髮。她們會在禮拜六晚上洗澡，所以到禮拜天，身上都是乾乾淨淨的。

夏天時，他們可以用小溪的水洗澡；冬天時，爸會在洗衣桶內裝滿乾淨的雪，放到爐灶上加熱，讓雪融化成洗澡水。他們會在溫暖的爐灶旁放兩張椅子，再掛上一張毯子當作屏風。媽會在屏風後替羅蘭洗澡，接著再幫瑪莉洗澡。

羅蘭比瑪莉小，所以要先洗。每個禮拜六晚上，羅蘭必須在洗完澡、換上乾淨的睡裙後，早早抱著蒂蒂上床，爸會把洗衣桶清空，並且重新用乾淨的雪燒洗澡水給瑪莉。瑪莉上床後，媽也會在毯子後面洗澡，最後輪到爸洗澡。這樣一來，每個人在禮拜天時，都是乾乾淨淨的。

每到禮拜天，羅蘭和瑪莉在玩耍的時候，不能跑也不能大叫。瑪莉不能繼續縫她的九宮格拼被，羅蘭也不能編織要送給小寶寶琳琳的手套，她們只能安靜的看著紙娃娃，但是不能幫紙娃娃做新衣服，也

不可以縫補娃娃的衣服，就連別針都不能使用。

她們必須靜靜的坐著、聽媽念故事。有時候，媽會念聖經上所寫的故事，有時她們也會念爸的那本，厚重、綠皮封面的《動物世界奇觀》，裡面關於獅子、老虎和白熊的故事。她們可以欣賞圖畫，也可以優雅的抱著布娃娃，和布娃娃說話，但是除此之外，什麼都不能做。

羅蘭最喜歡看聖經裡的圖畫，尤其是亞當替動物命名的那張圖。亞當坐在石頭上，大大小小的動物與鳥類聚集在他的身邊，緊張的等著亞當說出牠們的名字。亞當看起來非常舒適、安詳，只在腰間圍了一條獸皮。

「亞當在禮拜天時，也有漂亮衣服可以穿嗎？」羅蘭問媽。

「沒有，」媽說，「可憐的亞當，他只有獸皮可以穿。」

但是羅蘭並不覺得亞當可憐，她希望自己也只有獸皮可以穿。

某個禮拜天的午餐過後，羅蘭忍不住了。她開始和阿吉玩耍，幾分鐘之後開始到處奔跑、大叫。爸要她安靜的坐在椅子上，但是羅蘭坐下後，就哭了起來，還不斷用腳後跟踢椅子。

「我討厭禮拜天！」她說。

爸把手上的書放了下來。

「羅蘭，」他嚴肅的說，「過來。」

羅蘭知道自己會被痛打一頓，她拖著腳步走了過去。但是，當她走到爸的身邊時，爸只是擔心的看著她，接著讓她坐到膝上，輕輕摟著她。爸對瑪莉伸出另一隻手，說：

「我來說一個當爺爺還是小男孩時，發生的故事吧。」

爺爺的雪橇與豬的故事

「羅蘭，當爺爺還是個小男孩時，禮拜天不像現在一樣，是從禮拜天早上開始的，而是從禮拜六傍晚，落日後就開始。每到這個時間，所有人都不可以工作或是玩遊戲。

「吃完嚴肅、莊重的晚餐後，爺爺的父親會朗誦聖經其中一個章節。這時候，所有人都要挺直背脊、安安靜靜的坐在椅子上聽他朗誦。接著，他們一起跪下，聽爺爺的父親說一段很長很長的禱告詞。當他說完『阿門』後，他們才能站起來，一個人拿著一根蠟燭回到房間、上床睡覺。他們不能玩耍、笑出聲甚至講話。

「禮拜天早上，他們的早餐是冷的，因為按照規定，禮拜天不能生火煮飯。他們必須換上最好的衣服，步行到教堂去做禮拜，因為馬在禮拜天也不能工作。

「他們必須緩慢、筆直的行走，眼睛盯著前方，絕不能開玩笑或者笑出聲，甚至不能微笑。爺爺和兩個哥哥走在前面，他們的爸媽走在後面。

「進了教堂之後，爺爺和兩個哥哥必須花整整兩個鐘頭、動也不動的坐著聽牧師布道。他們坐在硬邦邦的長椅上，不敢亂動、不敢擺動他們的雙腳，也不敢轉頭看教堂的窗戶、牆壁或天花板。他們必須一動也不動，一刻也不能把眼睛從牧師身上移開。

「做完禮拜後，他們便從容的走回家。回去的路上可以說話，但不能太大聲，而且絕不能微笑或者笑出聲音。回到家後，他們吃前一天就煮好的午餐，也是冷的。接下來，整個下午都必須坐在長椅上閱讀《教義問答集》，直到太陽下山，禮拜天結束為止。

「爺爺的家在一片陡峭山坡的半山腰上。山坡上有一條路，從山頂直通山腳，正好經過爺爺家的前門。冬天時，這條路簡直是全世界最適合滑雪下山的路了。

「有一次，爺爺和兩位哥哥詹姆斯和喬治決定做一個新雪橇。他們把所有玩耍的時間都拿來做雪橇，這個雪橇也是他們做過最棒的雪橇，長度可以讓他們三個排成一排、一起坐上去。他們打算在禮拜六下午之前完成，做完後就可以乘著雪橇滑下山坡。每個禮拜六下午，他們都有兩到三個小時可以玩耍。

「但是，直到那個禮拜六，他們的父親都忙著砍大森林裡的樹。他辛勤的工作，所以他的孩子也必須跟著他一起工作。太陽出來前，他們就提著燈在森林裡工作，直到天色轉暗。忙完森林裡的工作後，還有各式各樣的雜務要做，吃過晚餐後也必須立刻上床睡覺，否則隔天就起不來了。

「禮拜六以前，他們都沒有時間製作新雪橇。等到禮拜六下午時，他們才用最快的速度趕工，但是到太陽下山、天都黑了才完成。

「太陽下山之後，就不能滑雪橇了，一次也不可以，否則就會違背安息日的規定。他們只好把新雪橇放在屋後的棚屋裡，直到禮拜天結束後，才能拿出來玩。

「第二天，他們在教堂裡坐了整整兩個小時，努力不讓自己的腳晃來晃去、眼睛緊盯著牧師，但是腦袋裡還是一直想著棚屋裡的新雪橇。回到家後，吃午飯時也無法克制自己不去想新雪橇。飯後，他們的父親坐在椅子上開始朗誦聖經，爺爺、詹姆斯和喬治像小老鼠一樣，動也不動的坐在長椅上閱讀《教義問答集》。但是他們腦袋裡都是新雪橇。

「他們透過窗戶看著外面晴朗的天氣，道路上的雪平順光滑、閃閃發光。這種天氣最適合滑雪橇了。他們讀著《教義問答集》，心裡想著雪橇，禮拜天好像永遠都不會結束。

「過了好長一段時間，他們聽到一陣鼾聲。他們看向父親，發現他的頭歪歪的靠著椅背，睡著了。

「詹姆斯看了看喬治，接著從長椅上站起來，躡手躡腳的從後門走出房間。喬治看了看爺爺，也躡手躡腳的走了出去。爺爺害怕的看了看他的父親，但還是躡手躡腳的跟著兩個哥哥溜出去了，留下他們的父親一個人在屋裡打呼。

「他們帶著新做好的雪橇，靜悄悄的爬上山丘。他們打算從上面滑下去，只滑一次就好。然後把雪橇放回去，在父親醒來前偷偷溜回長椅上坐好，繼續讀《教義問答集》。

「詹姆斯坐在雪橇的最前面，接著是喬治，最後才是爺爺，因為爺爺年紀最小。雪橇一開始滑得很慢，接著越來越快、越來越快。雪橇飛也似的衝下長長的斜坡，但是坐在上面的三個男孩都不敢發出聲音。他們靜悄悄的滑過房子前，不想吵醒父親。

「他們沒有發出半點聲音，只有雪橇滑過白雪時，發出的摩擦聲以及風呼嘯而過的聲響。

「然而，就在雪橇衝過房子前面時，一頭又大又黑的豬突然從森林裡走了出來。牠走到路中間後，便停了下來。

「雪橇滑得太快了，根本沒辦法煞車，他們也沒有時間轉彎。所以雪橇便直直的衝向那頭豬，把豬拱了起來。牠尖叫了一聲，坐到了詹姆斯身上，接著一路發出高亢、刺耳的尖叫聲：『咕咿——咕咿——』

「他們迅速滑過家門前，大黑豬坐在最前面，接著是詹姆斯，然後是喬治，最後是爺爺。他們看到父親站在門廊上看著他們，但是完全無法停下來、無法躲起來，也說不出話來，只能往山丘下滑去。而坐在詹姆斯身上的大黑豬，一路上都在尖叫。

「他們在山丘下停了下來。大黑豬立刻從詹姆斯身上跳下來，一邊尖叫，一邊跑回樹林裡。

「三個男孩沉重、緩慢的走上山丘。他們把新雪橇放好，溜回房子裡，靜悄悄的坐回長椅上。他們的父親正在讀聖經，他瞥了他們一眼，一句話也沒說。

「他繼續讀聖經，三個男孩則繼續讀《教義問答集》。

「等到太陽下山、安息日結束後，他們的父親把他們帶到外面的棚屋裡，狠狠揍了他們一頓。」

「所以說啦，羅蘭、瑪莉，」爸說，「妳們可能覺得當個乖小孩很困難，但是妳們應該慶幸，現在，要當個乖小孩已經不像以前那麼辛苦了。」

「那時候的小女孩，也要那麼乖嗎？」羅蘭問。

媽回答：「那時候的小女孩規矩更嚴，就算不是禮拜天，小女孩一舉一動都要像個小淑女。更不可能像男孩一樣，坐雪橇從山坡上滑下去。小女孩只能在屋子裡繡花。」

「現在，跟媽一起上床睡覺吧。」爸說完，便把小提琴從盒子裡拿出來。

羅蘭和瑪莉躺在滾輪小床上、聽著屬於禮拜天的音樂。因為在禮拜天，爸也不能演奏平日的音樂。

「萬古之岩，為我而開。」爸伴著琴聲哼唱。

接著他又唱：

「他人正爭奪勝利，
航過茫茫血海，
我是否該被帶上天際，
落在安寧花海？」

羅蘭的意識隨著音樂飄盪，接著她聽到了餐具碰撞的聲音，原來是媽在爐灶旁準備早餐了。這天是禮拜一早晨，還要整整一個禮拜，才會到禮拜天。

第二天早上，爸在吃早餐的時候抓住羅蘭，說要好好打一頓她的屁股。

爸說，因為今天是羅蘭的生日，如果不打屁股，羅蘭就沒辦法平安長大。接著，他輕輕的打了羅蘭的屁股，一點也不痛呢。

「一——二——三——四——五——六——」他一邊數，一邊慢慢的打。每一下都代表一歲，最後一下要用力打，這樣羅蘭才會快快長大。

爸用樹枝刻了一個小木頭人送給羅蘭，可以和蒂蒂作伴。媽則送羅蘭五塊小蛋糕，每塊蛋糕代表羅蘭和爸媽一起度過的年頭。瑪莉送給她一件蒂蒂的新洋裝。瑪莉在縫製這件新洋裝時，羅蘭一直以為她是在縫拼被呢。

那天晚上，爸特別為羅蘭演奏了〈碰！黃鼠狼跑掉了！〉。他在演奏時，讓羅蘭和瑪莉緊靠在他的膝蓋邊。

「仔細看啊，」他說，「看好了，或許妳們會看到黃鼠狼真的跑掉了。」接著他唱：

「一便士買一軸線，
一便士買一根針，
就這樣把錢花掉——」

羅蘭和瑪莉彎著腰緊盯著爸的動作，她們知道黃鼠狼要跑掉了！

「碰！」爸用手指頭敲擊琴弦。

「黃鼠狼跑掉了！」接著又繼續演奏小提琴。

但是，羅蘭和瑪莉都沒有看到爸用手指敲擊琴弦的那瞬間。

「喔，拜託、拜託，再一次！」她們懇求爸。爸的藍眼睛帶著笑意，又演奏了一次：

「繞著鞋匠的長椅跑，
猴子追逐黃鼠狼，
牧師親吻鞋匠的妻子——
碰！黃鼠狼跑掉了！」

這次她們還是沒有看到爸用手指頭敲擊琴弦的那一瞬間。他的速度太快了，快到她們永遠抓不到黃鼠狼。

她們大笑著爬上床，聽爸拉著小提琴唱：

「有個老黑人，
名叫奈德叔叔，

他在好久好久以前死去，
他的頭上沒有頭髮，
那是本該生長的地方。
他的手指修長，
就像灌木叢裡的藤條，
他的眼睛幾乎全盲，
也沒有牙齒能咬玉米餅，
只好不吃那些玉米餅。
掛上鐮子和鋤頭，
放下提琴和弓箭，
老奈德叔叔再也不需要工作，
因為他去了老黑人都會去的地方。」

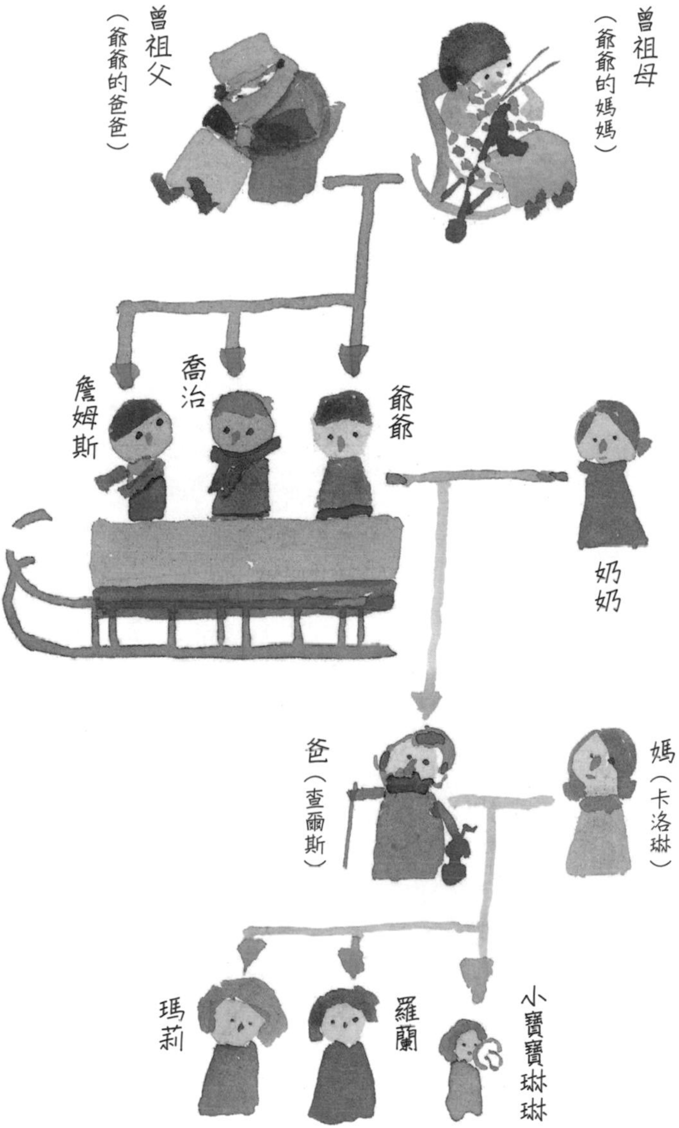
曾祖父
（爺爺的爸爸）
曾祖母
（爺爺的媽媽）
詹姆斯
喬治
爺爺
奶奶
爸
（查爾斯）
媽
（卡洛琳）
瑪莉
羅蘭
小寶寶琳琳

6. 兩隻大熊

不久後的某一天，爸說春天快到了。

大森林裡的雪開始融化，雪水從樹枝上滴落下來，在柔軟的雪堆上滴出無數小洞。到了中午，小木屋的屋簷上，所有的大冰柱都在陽光照射下閃閃發光，融化的水滴也在冰柱的尖端顫抖著。

爸說他必須進城裡一趟，把冬天獵到的野生動物毛皮賣掉。一天晚上，他把毛皮綁成一大捆。毛皮實在太多了，就算緊緊綁成一捆，體積也幾乎和爸一樣大。

一大清早，爸就把整捆毛皮扛在肩上，徒步走向城裡。毛皮實在太多了，所以他沒辦法帶槍。

媽很擔心，但是爸說，他會在日出前啟程，加快腳步，天黑前應該可以回到家裡。

離小木屋最近的城鎮仍然很遠。羅蘭和瑪莉從來沒有看過城鎮，她們從來沒有看過商店，還有比肩而立的房子。但是她們知道城裡有很多房子，還有裝滿糖果、棉布、火藥粉、炮彈、鹽、糖，還有許多美好東西的商店。

她們知道爸會把毛皮拿去商店，換回城裡生產的漂亮物品，一整天，她們都期待著爸帶回來的禮物。太陽逐漸落到樹梢，冰柱的尖端不再滴水，她們開始眼巴巴的期待著爸出現。

夕陽下沉到視線看不見的地方了，森林變得一片漆黑，但是爸還沒回來。媽煮好晚餐、擺好餐具，但爸還是沒有回來。已經到處理雜務的時間了，爸依然沒有回來。

媽要羅蘭跟她一起去幫乳牛擠奶，羅蘭可以負責拿提燈。

因此，羅蘭穿上外套，並且讓媽幫她扣好扣子。接著，羅蘭戴上紅色手套，把串聯兩隻手套的紅色毛線繩繞過脖子，媽則點亮提燈裡的蠟燭。

羅蘭很高興自己能幫媽擠牛奶，她小心翼翼的拿起提燈。提燈的燈壁是錫製的，燭光透過燈壁上的孔隙綻放出光芒。

前往牛舍的路上，羅蘭走在媽的後面，提燈透出的零碎光芒灑落在周圍的雪堆上。

天色還不算太黑，雖然森林已經陷入一片黑暗，但積雪的道路還能反射出灰色的光線，天空上點綴著幾顆光線微弱的星星，星光看起來沒有提燈散發出的微弱光線那麼溫暖、明亮。

羅蘭和媽都很驚訝，她們看到棕色乳牛蘇奇的身影，就在牛舍柵欄內。

才剛初春而已，還不到讓蘇奇隨意在大森林裡吃草的時節，牠應該待在牛舍裡才對。但是爸有時候會在天氣溫暖的日子，讓蘇奇走出牛舍，在柵欄內的庭院走走。現在，媽和羅蘭發現蘇奇就站在柵欄裡等著她們。

媽走到入口，想把柵欄門打開。但是蘇奇擋在柵欄門口，媽只能打開一小條縫。媽說：

「蘇奇，過去一點！」她伸手越過柵門，推了推蘇奇的肩膀。

就在這時候，提燈散發出的微弱光線照在柵欄門的木頭間，羅蘭看到了又長又粗的黑毛，還有一雙發亮的小眼睛。

蘇奇的毛很細、很短，是咖啡色的，眼睛又大又溫柔。

媽說：「羅蘭，回屋子裡去。」

羅蘭轉過身，往小木屋走去，媽走在她身後。兩個人一起走了一小段路，接著媽一把抱起抓著提燈的羅蘭，跑了起來。媽跑回房子裡，用力關上門。

羅蘭說：「媽，那是熊嗎？」

「是的，羅蘭，」媽說，「那是熊。」

羅蘭哭了起來，她抱著媽啜泣道：「噢，牠會不會把蘇奇吃掉？」

「不會的，」媽抱著她說，「蘇奇在牛舍裡很安全。想想看啊，牛舍牆壁是又大又重的樹幹蓋的，牛舍的門那麼重、那麼堅固，可以把熊擋在外面。熊不會跑進牛舍裡把蘇奇吃掉。」

羅蘭這才覺得安心多了。

「但是牠可以傷害我們，對不對？」她問。

「牠沒有傷害我們，」媽說，「羅蘭，妳是個乖女孩，妳完全聽我說的話來做，動作迅速也沒有問我為什麼。」

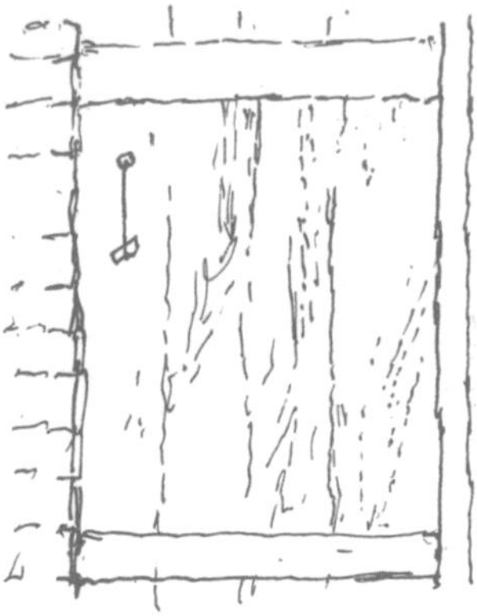

媽在發抖，接著輕笑了起來，「想想看，」她說，「我剛剛打了一頭熊呢！」

接著，她把羅蘭和瑪莉的晚餐端上桌。爸還沒有回來，當羅蘭和瑪莉換下衣服，並且在禱告後舒舒服服的躺進滾輪小床上時，他仍然沒有回來。

媽坐在油燈旁縫補爸的衣物。爸不在家，屋子裡顯得冷冷清清的，沉靜又奇怪。

羅蘭聽著大森林裡的風聲。風圍繞著房子呼嘯，就像在黑暗與寒冷中迷失而發出的哭喊，聽起來很嚇人。

媽把爸的衣服補好了。羅蘭看著她細心的把衣服摺好，她用手把衣服撫平，接著媽做了一件她從沒有做過的事。她走到門前，把皮製插銷插進門板的洞上，如此一來，除非她把插銷拔起來，否則沒有任何人能從外面進來了。媽走回床邊，把熟睡的小寶寶琳琳從床上抱了起來。

她看到羅蘭和瑪莉都還醒著，便對她們說：「孩子們，快睡覺吧，一切都會沒事的。到了明天早上，爸就會出現了。」

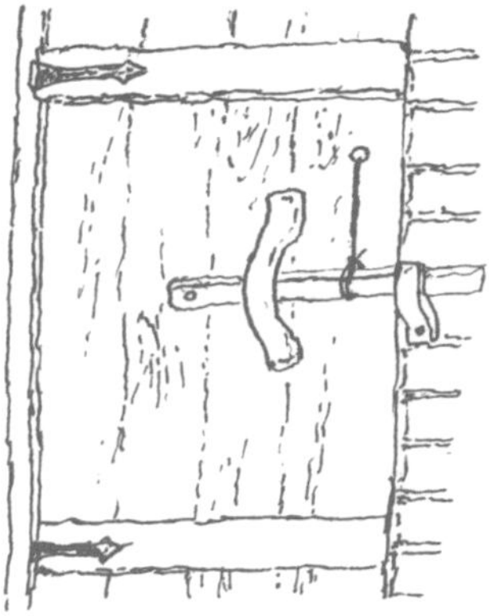

接著，她坐回搖椅上，溫柔的抱著小寶寶琳琳輕輕搖晃。她在搖椅上坐到很晚，等著爸回來，羅蘭和瑪莉也想要等爸回來，但是她們還是睡著了。

第二天早上，她們醒來時，爸已經回到家了。他為羅蘭和瑪莉帶回了一些糖果，以及兩塊美麗的印花布，用來做她們的新洋裝。瑪莉拿到的是白底藍花紋的印花布，羅蘭的則是布滿金棕色小圓點的深紅色印花布。媽也有一塊做衣服的印花布，有著棕色的底，上頭點綴著羽毛花紋。

爸用毛皮換到了好多美麗的禮物，這次的買賣非常划算，羅蘭和瑪莉都很開心。

大熊的腳印散落在牛舍外圍，牆上還有爪子抓過的痕跡。但是蘇奇和馬匹都平安的待在牛舍裡。

這天的陽光晴朗、冰雪逐漸融化，潺潺水流從冰柱的尖端流下，冰柱變得越來越細。太陽下山時，雪地變得溼潤而鬆軟，熊的腳印變成一個個模糊的印子。

吃過晚飯後，爸將羅蘭和瑪莉抱到膝上，他要說一個新故事。

爸與路上的熊的故事

「昨天，我背著毛皮往城鎮走去，半路上我就發現雪太軟了，很難行走。於是我走了很久很久，才到達城鎮，其他帶著毛皮的人都比我早到，他們已經在做買賣了。商店老闆很忙，一直等到他忙完，才有空看我帶去的毛皮。

「接著，我們要討論每張毛皮的價錢，然後我挑出想要交易的物品。

「所以，當我啟程回家時，太陽已經快下山了。

「我想要盡快回家，但是鬆軟的雪地很難走，我又累了，所以天黑時，只走了一小段距離。我一個人在大森林裡走著，沒有帶槍。

「還有八公里的路要走，我盡量以最快的速度趕回家裡。天色變得越來越黑、越來越黑，我真希望身上帶著槍，因為在這個季節，有些熊已經離開冬眠的洞穴了。早上前往城鎮的路上，我看到了熊的腳印。

「每年這個時候，熊都又餓又兇。牠們在洞穴裡花了一整個漫長

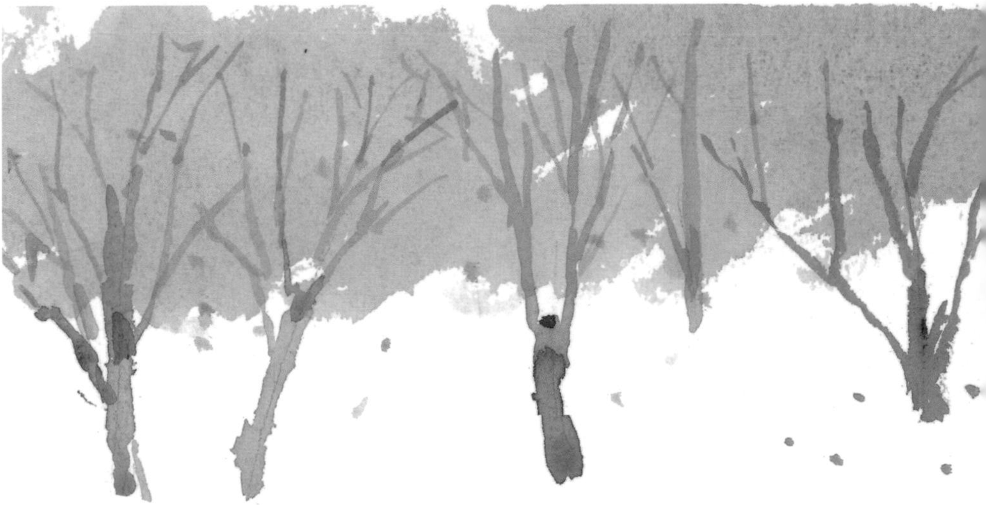

的冬天睡覺，什麼都沒有吃，所以醒來的時候又瘦又餓。我可不想遇見任何一頭剛從冬眠中醒來的熊。

「我在黑暗中用最快的速度前進。星星時不時閃爍著微弱的光亮。樹林間一片黝黑，但是，走進比較開闊的空地時，我能隱約看到一點東西。我能看到面前一小段覆蓋著雪堆的道路，我能看到周圍環繞著漆黑的樹木。每次走到空地時，我都很開心，因為星光給了我一些光線。

「天黑後，我就一直留心觀察周圍有沒有熊。我一直在留意有沒有聽到牠們小心穿過樹叢時發出的聲音。

「沒多久，我走進一個空地時，發現前方的路中間有一頭大黑熊。

「牠用後腳站立了起來、盯著我看。我看見了牠閃閃發光的眼睛，也看見了牠凸出的口鼻，我甚至能在星光下看見牠的一隻爪子。

「我的頭皮發麻、頭髮豎立。我停下腳步，靜靜站著不動。那隻熊沒有動，只是站在那裡看著我。

「我知道，繞過牠繼續往前走不是個好選擇。牠會跟著我走進漆黑的森林裡，到時候，牠就能看得比我還清楚了。我不想在一片黑暗

中和餓了一整個冬天的熊對抗。噢，我真希望我帶了槍！

「我一定要越過這隻熊回家。那時，我覺得如果我嚇嚇牠，說不定牠就會跑掉，讓我順利通過。因此，我深吸了一口氣，用盡吃奶的力氣開始揮舞雙手，對牠大吼大叫。但是，牠沒有動。

「我甚至朝著牠跑了一小段路！接著我停了下來，看著牠，牠也站在那裡看著我。我再次對牠大吼大叫，但是牠還是靜靜的站在那裡。我一邊大吼、一邊揮舞著手臂，但是牠還是一動也不動。

「這個時候，逃跑絕不是個好方法。森林裡還有其他頭熊，我隨時有可能會遇到另一頭，就算能逃過這隻，也可能遇到另一隻。而且我想回家，回到媽跟妳們身邊。要是在森林裡每遇到嚇人的東西就逃跑，我就永遠也回不了家了。

「最後，我環顧四周，找了一根稱手的木棒，那是根因為冬天積雪太重而斷掉的樹枝，既沉重又堅固。

「我用雙手舉起樹枝，直直向那隻大黑熊跑了過去。我用盡全力把木棒高舉過頭頂再往下砸，『碰！』一聲打在大黑熊的頭上。

「然而，牠還是動也不動的站在那裡，那只是個又大又黑的燒焦樹樁！

「早上前往城裡的時候，我就從這截樹樁旁邊經過。那根本就不是熊。因為我一路上一直在想、一直很擔心會遇到熊，才會誤以為這截樹樁是熊。」

「那真的不是熊嗎？」瑪莉問。

「沒錯，瑪莉，那真的不是熊。當時，我一個人在大森林裡大喊大叫、手舞足蹈，都是在試著嚇跑一截樹樁！」

羅蘭說：「我們遇到的是真的熊喔。但是我們沒有嚇到，我們以為那是蘇奇。」

爸沒有回話，只是用力的抱緊她。

「噢——噢！那隻熊可能會把媽和我吃掉！」羅蘭往爸身上靠得更近，她說：「那時候，媽走到熊身旁推了推牠，熊卻一點反應也沒有。為什麼牠沒有反應呢？」

「羅蘭，我猜牠可能是嚇到了，」爸說，「我猜提燈的光線照到牠的眼睛，嚇到牠了。而且媽走到牠身邊推牠時，牠知道媽一點也不害怕。」

「嗯，你也很勇敢呀。」羅蘭說，「雖然那只是樹樁，但是你以為那是一頭熊。就算真的是一頭熊，你也會用木棒打牠的頭，對不對，爸？」

「對，」爸說，「我的確會。妳知道，我必須這麼做。」

然後，媽說睡覺時間到了。她幫羅蘭與瑪莉脫下衣服，換上紅色法蘭絨睡裙，並幫她們扣好扣子。她們跪在滾輪小床前禱告。

「我即將要躺下入睡，
祈求上主保我靈魂安寧。
若我在清醒前死去，
祈求上主帶我靈魂離去。」

媽親了親她們、幫她們蓋好被子。她們躺在小床上，看著媽光潔整齊的秀髮，看著媽在燈下動手縫補衣服。她用拇指推著針穿過布料再把線咻一聲拉回來，仔細的縫著爸用毛皮換來的印花布。

羅蘭看向爸，他正在替靴子上油。他的棕色頭髮和長鬍子在燈光

下看起來像絲綢一樣，格紋外套的顏色顯得格外鮮豔。他一邊工作一邊愉悅的吹著口哨，接著他唱：

「清晨時分鳥兒在歌唱，
桃金孃與常春藤盛放，
太陽從山頭上升起，
我把她葬在墳墓裡。」

這是個溫馨的夜晚。壁爐中的火焰逐漸熄滅，漸漸變成發燙的煤炭，爸沒有繼續添加柴火。在小木屋外的大森林中，處處都是融雪墜落的細小聲響，屋簷上的冰柱在融化成水後，滴滴答答的落下。

再過不久，樹木上將會長出玫瑰色、黃色與嫩綠色的新生樹葉，樹林間將會充滿野生的花與鳥。

晚上將不再有爐火邊的故事了，但是羅蘭和瑪莉可以整天待在樹林間玩耍，因為春天要到了。

7. 糖雪

連續好幾天都是陽光燦爛的溫暖天氣。早晨的窗戶上不再結霜，冰柱在這幾天接二連三的從屋簷上落入雪堆中，發出輕柔的撞擊聲與破碎聲。樹木輕輕搖動潮溼的黑樹枝，甩落大塊大塊的雪團。

瑪莉和羅蘭把鼻子貼在冰冷的玻璃窗上，觀察光禿禿的樹枝和屋簷落下的水滴。地面上的雪不再閃閃發光，變得軟塌塌的。落在樹下的雪塊上頭滿是坑洞，路旁的雪堆也不斷融化、變小。

過沒多久，有一天，羅蘭發現院子裡出現了一小塊光禿禿的土地。接下來的幾天裡，這塊土地變得越來越大，在天黑前，整個庭院變成了一片泥地。院子裡，剩下道路、籬笆和木柴堆旁的雪堆還沒融化，還有道路上仍然結滿了冰。

「媽，我們可以去外面玩嗎？」羅蘭問。

媽回答：「羅蘭，妳應該說：『請問我們可以去外面玩嗎？』」

「請問我們可以去外面玩嗎？」她問。

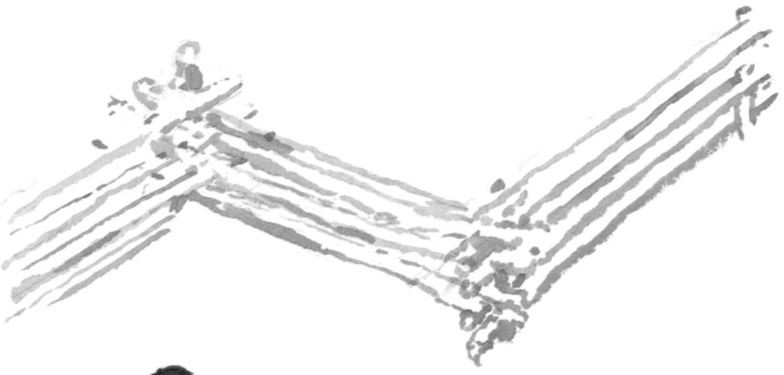

「或許明天就可以出去了。」媽答應。

那天晚上，羅蘭在半夜醒來，冷得全身發抖。她覺得蓋在身上的被子好薄好薄，鼻子冷得像冰塊。然後，媽替她蓋上另一條被子。

「羅蘭，往瑪莉那邊靠近一點，」媽說，「這樣會比較暖和。」

隔天早上，爐灶讓小木屋變得暖烘烘的，羅蘭從窗戶看了出去，發現地面上蓋滿了又軟又厚的雪。樹枝上的雪像是羽毛一樣堆疊起來，籬笆上覆滿一堆堆白雪，就連門柱也積聚了又大又白的雪球。

爸走進屋內，跺了跺腳，抖落肩膀和靴子上的柔軟雪花。

「外面在下糖雪。」他說。

羅蘭伸出舌頭，迅速的舔了一點積在爸袖子上的雪花。雪花在舌頭上融化成水，嘗起來和一般的雪一樣，沒什麼味道。她很慶幸沒有人看到她偷嘗了雪。

「什麼是糖雪？」她問爸，但是爸說他沒有時間解釋。他要趕快出發去爺爺家。

爺爺住在大森林更深處，他家周圍的樹木更巨大也更密。

羅蘭站在窗前，看著爸高大的身影穩定而有力的踏著雪走遠。他把槍扛在肩膀上，腰上掛著手斧和裝有火藥的牛角，腳上的長靴在柔軟的雪地上踏出深深的足印。羅蘭看著他的身影逐漸消失在樹林中。

爸那天回來得很晚，當他回家時，媽已經點亮了油燈。爸一手拿著一個大包裹，一手提著一個加蓋的大木桶。

「卡洛琳，這些給妳。」他把包裹和桶子遞給媽，接著把槍放回門板上的掛鉤。

「要是在回來的路上遇見一頭熊，」他說，「我必須先把手上這些東西丟下來才能拿槍射牠。」他笑了起來，「但是，如果我把桶子和包裹都丟到地上的話，就不需要拿槍射牠了，只要站在一旁看牠大快朵頤的把桶子裡的東西吃光就好啦。」

媽把包裹打開，裡面有兩個硬邦邦的咖啡色糖餅，大小幾乎和牛奶罐一樣大。她掀開桶子的蓋子，裡頭裝滿了深咖啡色的糖漿。

「羅蘭，瑪莉，這是給妳們的。」爸從口袋裡拿出兩個圓形的小包裹，遞給羅蘭和瑪莉。

她們拆開包裝紙，裡頭是堅硬的小塊咖啡色糖餅，邊緣有著美麗的鋸齒狀。

「吃一口。」爸說，他的藍眼睛亮晶晶的。

兩個人都咬了一小口鋸齒狀的邊緣，糖餅吃起來甜甜的，碎屑在嘴裡融化，味道比聖誕節糖果還要棒。

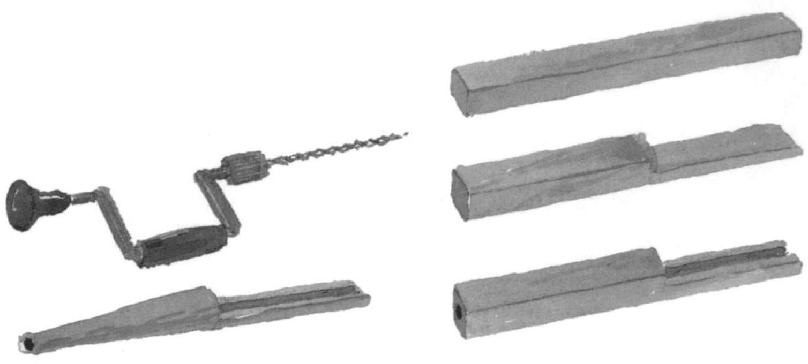

「楓糖。」爸說。

晚餐已經上桌了，羅蘭和瑪莉把小楓糖餅放在餐盤邊緣，今天的晚餐是抹了楓糖漿的麵包。

晚餐過後，爸坐在壁爐前，讓羅蘭和瑪莉坐在他的膝上，告訴她們今天他在爺爺家做了些什麼，還有什麼是糖雪。

「整個冬天，」爸說，「爺爺都在做小木桶和小導管。他用的木材是雪松和白蠟樹，只有這兩種樹做成的木桶，才不會破壞楓糖的味道。

「做導管時，爺爺會先砍下一節跟我的手掌一樣長、兩隻手指一樣粗的樹枝，他把樹枝其中一端的木頭削掉一半，一半保持圓柱狀、另一半則是扁扁的半圓柱狀。他從圓柱狀那一端，用鑽頭打洞，接著用小刀修整，形成中空木管。最後，再用小刀把半圓柱的那一半樹枝，刻出半圓形的溝槽，這樣就完成了一個導管。

「他做了幾十個導管和新木桶。天氣回暖之前，爺爺必須把這些東西做好，因為天氣一回暖，就代表樹液開始在樹木間流動了。

「接著，他到楓樹林去，用鑽子在每棵楓樹上各鑽一個洞，把小導管用錘子敲進洞裡，留下半圓柱的那一端在外頭。接著，他將雪松做成的小木桶放在小導管下的地面上。

「樹液是樹的血液。在春天天氣變溫暖時，樹液會從樹的根部往上爬，流進每一根樹枝的尖端，讓綠葉生長。

「接下來呢，等到楓樹液流到樹幹上，爺爺鑽出的洞口時，就會從洞裡流出來、流進小導管中，最後落進小木桶裡。」

「噢，可憐的樹不會痛嗎？」羅蘭問。

「不會很痛，就像妳刺傷手指頭流血那樣。

「爺爺每天都會穿上靴子、溫暖的外套和毛皮帽子，走進白雪皚皚的森林裡收集楓樹的樹液。他用雪橇載一個大桶子，穿過樹木之間，把每桶樹液都倒進大桶子裡。在森林裡，爺爺把一根樹幹架在兩棵樹之間，並且將一個鐵桶用鍊子吊掛在樹幹上，收集完樹液後，就把大桶子拖到鐵桶旁。

「爺爺會把樹液統統倒進鐵桶中。鐵桶下面生了熊熊大火，爺爺會在一旁仔細的觀察鐵鍋裡的樹液。火必須夠大，才能把樹液煮滾，但又不能太大，才不會燒焦。

「每隔幾分鐘，爺爺就必須撈出鐵鍋裡的一些樹液，他用菩提木製作一根長柄大木勺，用來撈出鍋子裡的樹液。樹液太燙時，他會撈起一勺勺的樹液，接著讓樹液從高處慢慢落回鐵鍋內。這樣一來，就可以稍微冷卻鍋裡的樹液，不至於滾得太快。

「樹液煮好後，他會把一部分的糖漿裝進木桶裡。接著，繼續煮剩下的樹液，直到樹液放進碟子冷卻時，會產生結晶為止。

「樹液開始結晶的那一瞬間，爺爺會立刻跑到火堆前，用耙子把火堆移到一旁。接著，用最快的速度拿起勺子，將黏稠的糖漿裝進準備在旁的牛奶罐中。糖漿會在牛奶罐中逐漸變硬，結成咖啡色的楓糖塊。」

「所以說，這場雪被叫做『糖雪』，是因為爺爺要做楓糖？」羅蘭問。

「不是的。」爸說，「我們把這場雪叫做糖雪，是因為這個時候下雪，可以讓我們製作更多楓糖。天氣稍微變冷和下雪，都可以延長樹木長出新葉子的時間，讓樹液在樹幹中流動得更緩慢。

「樹液在樹幹中流動得更慢，爺爺就可以製作出足以使用一整年的楓糖。如此一來，他帶毛皮去城裡交換物品時，就不用從商店裡買太多糖了，只要買一點點放在桌上，用來招待客人就可以了。」

「爺爺一定很高興今年下了糖雪。」羅蘭說。

「沒錯，」爸說，「爺爺非常高興。下週一早上，爺爺還要再煮一次楓糖，他邀請我們去他那裡。」

爸的藍眼睛閃爍著，他把最棒的一件事留到最後才說，他告訴媽：「嘿，卡洛琳！到時候要辦舞會喔！」

媽笑了起來，看起來非常開心，她放下手邊正在縫補的衣物說：「噢，查爾斯！」

接著，她重新拿起針線，繼續縫補衣物。她微笑著說：「我會穿那件綠色印花洋裝去參加。」

媽的綠色印花洋裝很美，深綠色的裙子上點綴了許多鮮紅草莓花紋。這件洋裝是東部的裁縫師做的，媽嫁給爸之前住在東部，後來才搬到西部的威斯康辛州大森林裡。結婚以前，媽是個時髦的女郎，身上的衣服都是裁縫縫製的。

媽以前都用紙，小心的把這件綠色印花洋裝包好、收起來。羅蘭和瑪莉從沒看過媽穿這件洋裝，但是她曾經把洋裝拿出來給她們欣賞，還讓她們摸摸洋裝前襟上那些美麗的深紅色鈕扣、看看那些用上百針十字繡縫上去的骨架是多麼精緻。

媽會在舞會上穿這件美麗的綠色印花洋裝，代表這場舞會非常重要，羅蘭和瑪莉都很期待舞會的到來。她們坐在爸的膝上身體蹦跳著，不斷詢問舞會的細節，直到爸說：「睡覺的時間到了！到時候妳

們就知道了。現在，我要替小提琴換新的琴弦啦。」

她們洗乾淨沾著糖漿、黏糊糊的手指和嘴巴，接著跪在小床前禱告。等到羅蘭和瑪莉鑽進滾輪小床時，爸早已和著小提琴聲唱歌了，他的腳在地板上打著節拍：

「我是騎兵隊隊長，
我用豆子和玉米來餵馬，
身上的硬幣總是在外流浪，
我是騎兵隊隊長，
軍中的騎兵隊隊長！」

8. 爺爺家的舞會

禮拜一早上，所有人一大清早就要起床，匆匆忙忙的準備前往爺爺家。爸想要早點去，好幫爺爺收集楓樹液還有煮楓糖；媽要幫奶奶和兩位姑姑準備餐點給前來參加舞會的客人。

羅蘭一家人藉著油燈透出的燈光吃早餐，接著洗了盤子又鋪了床。爸小心翼翼的把小提琴放進盒子裡，再將盒子放進停在門前的大雪橇裡。

清晨的大森林非常寒冷，天空也灰灰的，羅蘭、瑪莉坐在雪橇裡，媽也抱著小寶寶琳琳坐上了雪橇，她們的身下都鋪滿了乾草，身上也緊緊的蓋著舒適又溫暖的大毯子。

馬兒甩了甩頭，昂首闊步前行，雪橇鈴發出了愉快的叮噹聲、滑入了通往爺爺家的那條路。

地上的雪又溼又滑，雪橇前進的速度很快，兩旁的樹木飛快的往後退去。

過沒多久，陽光照進樹林，空氣中閃爍著微光，樹幹陰影間，透出一束束金色的光芒，地上的雪堆映照出淺淺的粉紅色，所有的影子則是單薄的藍色，雪堆的細小弧度與上頭留下的每一個腳印，都照映出了影子。

爸從路旁的雪堆中，指出野生動物留下的腳印給羅蘭看。跳躍的小腳印是棉尾兔的，最小的腳印是小田鼠的，如羽毛般交織的腳印是雪鳥的。更大一點、像是狗腳印的足跡是狐狸留下的，裡頭也有鹿跳躍著離去的腳印。

空氣變得更加溫暖，爸說雪很快就要融化了。

他們很快就抵達了爺爺家的庭院，雪橇鈴一路叮噹作響。奶奶站在門口對著他們微笑，招呼他們趕快進屋裡去。

奶奶說，爺爺和喬治叔叔已經到楓樹林裡工作了，爸趕緊前往樹林裡幫忙。羅蘭、瑪莉、媽和小寶寶琳琳都進到了奶奶家，把身上裹著的一層層防寒衣物脫了下來。

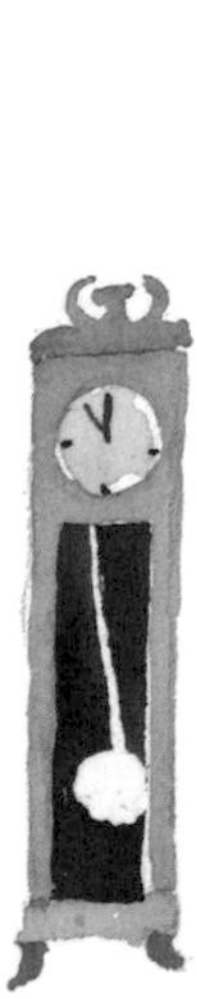

羅蘭很喜歡奶奶的房子，這裡比他們家大多了，屋裡有一間很大的房間、一間屬於喬治叔叔的小房間，還有一間房間是給朵西亞姑姑和露碧姑姑住的。另外，房子裡還有廚房，廚房裡有一個大爐灶。

在大房間裡跑來跑去好玩極了，她們可以從房間一端的大壁爐，一路跑到位於房間另一端，窗戶下方的奶奶的床前。房子地板鋪著爺爺用斧頭劈出的厚實寬木板，整片地板都被打磨過，光滑、乾淨又潔白，窗戶下的大床也塞滿了羽毛，摸起來十分柔軟。

羅蘭和瑪莉在大房間裡玩耍，媽在廚房幫奶奶與姑姑，時間過得飛快。男人們會在楓樹林裡享用帶過去的午餐盒，因此女人們吃午飯時，沒有在桌上擺餐具，只簡單吃了冷鹿肉三明治又喝了牛奶。不過，奶奶特別為晚餐做了玉米粥。

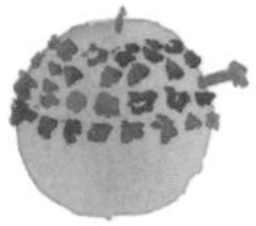

她站在爐灶前，把黃色的玉米粉撒進一鍋滾燙的鹹水中。她一邊用大木湯匙攪動鍋中的水，一邊把玉米粉撒進去，直到鍋中的水變成冒著泡泡的黃色粥狀物。接著，她把鍋子放到爐灶後方，用小火繼續燉煮。

玉米粥聞起來好香。整棟房子聞起來都很棒，屋內有廚房的甜味與辛香味、明亮的壁爐裡，有山胡桃木塊燃燒出氣味，還有放在桌上的縫紉籃旁，一顆丁香蘋果也散發出好聞的氣味。陽光穿透亮晶晶的玻璃窗，屋內所有東西看起來都那麼龐大、潔淨、不同凡響。

爸和爺爺從大森林裡回來時，已經是晚餐時間。他們兩個人的肩上都扛著一個爺爺做的木軛。木軛中間是彎曲的，上面還有一個凹洞，為了貼合後頸和肩膀的弧度。木軛兩端各掛著一條尾端接有鉤子的鐵鍊，鐵鍊上都掛著裝滿熱楓糖漿的木桶。

爸和爺爺從森林裡的大鐵鍋中，取了一些楓糖回來。他們用手穩穩的扶著桶子，木軛重重的壓在他們肩上。奶奶在爐灶上挪出空間，放上一個黃銅大水鍋，爸和爺爺分別將楓糖漿倒入黃銅水鍋中，水鍋大到可以裝進四大桶楓糖漿。

接著，喬治叔叔帶著一個裝滿楓糖漿的小木桶回來了。晚餐時，每個人都吃了熱騰騰的玉米粥配上楓糖漿。

喬治叔叔過去曾在軍中服役，他穿著縫著銅扣的藍色軍裝，一雙藍眼睛看起來勇敢又快樂。他又高又壯，走路時總是昂首闊步。

羅蘭在吃玉米粥時，一直盯著他，她曾經聽爸告訴媽說，喬治叔叔有點野。

「喬治從戰場上回來後，就有點野了。」爸說完後搖了搖頭，似乎覺得很難過，卻又對此無可奈何。喬治叔叔在十四歲時曾跑到軍中當鼓手。

羅蘭從來沒有看過野人，她不知道自己該不該害怕喬治叔叔。

晚餐過後，喬治叔叔走到門外，吹起響亮而綿長的軍號。軍號動人的鳴響貫穿了大森林。樹林黑暗而寂靜，樹木靜靜的站著，似乎也在聆聽。接著，單薄、清晰但微弱的回音，從遠方傳了回來，聽起來像是另一個小軍號在回應著大軍號。

「聽啊，」喬治叔叔說，「這不是美極了嗎？」羅蘭靜靜的看著他，說不出話來。等到喬治叔叔吹完軍號後，羅蘭立刻跑回屋子裡。

媽幫奶奶把桌上的盤子清空、洗乾淨，接著清掃壁爐前的地板，朵西亞姑姑和露碧姑姑則在房間裡打扮。

羅蘭坐在兩位姑姑的床上，看她們把長長的頭髮梳整齊，再從前額劃到後頸，將頭髮分成兩邊，然後將這兩邊頭髮，各自沿著耳後分

成前後兩束。她們將後方兩束頭髮編成長長的辮子，接著小心翼翼的將辮子盤到頭上，形成髮髻。

兩位姑姑已經在廚房洗手台，用肥皂洗淨臉和手。她們用的是商店買來的肥皂，而不是奶奶製作並存放在罐子裡，那些平常日使用、黏滑柔軟的深棕色肥皂。

她們花了很長一段時間細細整理前額那兩束頭髮。她們舉著油燈，藉著掛在木牆上的鏡子檢視自己的髮型，把臉頰兩側的頭髮梳理得又直又順，就像絲一樣閃耀著光芒。她們把這兩束頭髮的尾端盤成一個圈，再俐落的繞進腦袋後方的髮髻中，髮絲看起來既柔順又亮麗。

接著，她們套上美麗的白色襪子，襪子是用上好的棉花編織而成，上頭點綴著鏤空的花邊。她們穿上最好的鞋子、扣上鞋扣，接著幫對方穿上束腹。朵西亞姑姑用力的替露碧姑姑拉緊束腹的繩子，接著換她緊緊抓住床尾的床柱，讓露碧姑姑替她拉緊繩子。

「用力拉，露碧，用力拉！」朵西亞姑姑喘著氣說。「再用力一點！」露碧姑姑站穩腳步，更用力拉了起來。朵西亞姑姑不斷用手測量自己的腰圍，最後氣喘吁吁的說：「我想，這已經是極限了。」

「卡洛琳說，她結婚那天，查爾斯甚至能用雙手環住她的腰呢。」朵西亞姑姑說。

卡洛琳就是媽，聽到姑姑這麼說，讓羅蘭覺得很自豪。

接著，露碧姑姑和朵西亞姑姑穿上法蘭絨襯裙、素面襯裙和帶有編織荷葉邊的白色硬襯裙，接著套上美麗的洋裝。

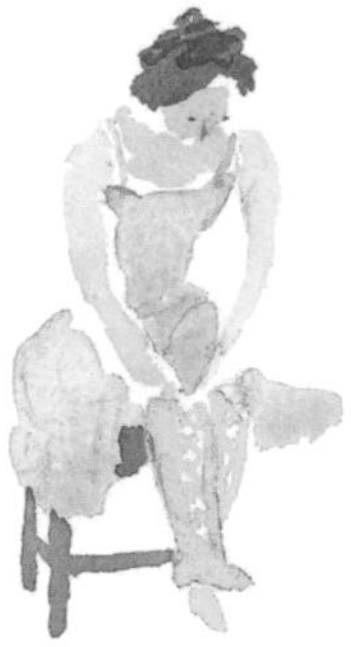

朵西亞姑姑穿著深藍色印花洋裝，上面布滿了紅色的花朵與綠葉，前襟上的深黑色鈕扣，看起來就像多汁的大黑莓，讓羅蘭忍不住想嘗一口。

露碧姑姑穿的是淡紅色羽毛圖案的酒紅色印花洋裝，洋裝的鈕扣是金黃色的，每顆鈕扣上都雕了一座小城堡和一棵樹。

朵西亞姑姑用刻有仕女浮雕的圓形大別針，將漂亮的白色領子固定好。露碧姑姑的別針是封蠟做的紅玫瑰，這個別針是她用一根壞掉的縫衣針做出來的。

走動時，圓形的大裙襬平順的滑過地板，兩位姑姑看起來都好漂亮。她們的腰被緊緊束起，看起來又高又瘦；她們的臉頰紅撲撲的，眼睛閃爍著光芒，頭髮也光滑柔順的盤在頭上。

媽也美極了，她穿著深綠色的印花洋裝，衣服上點綴著像小草莓般的小葉子，裙子上的荷葉邊與褶皺就像波浪般起伏，上面還綁了好幾個深綠色的蝴蝶結。她在脖子前方別了一個扁平的金色別針，這根別針幾乎跟羅蘭兩隻手指一樣寬，上面布滿了細緻的刻痕，邊緣是弧形的花邊。媽看起來好高貴，羅蘭甚至不敢碰她。

客人陸陸續續抵達。有的人提著燈從積雪的森林中走來，有的人乘著雪橇或篷車抵達，雪橇鈴聲一刻也沒停過。

大房間裡擠滿了高筒靴和窸窣作響的裙襬，奶奶的大床上從來沒有這麼多小嬰兒一起躺在上面過。詹姆斯伯伯和莉碧伯母也把他們的女兒帶來了，她的名字也叫「羅蘭」。兩個羅蘭靠在床前看著自己家裡的小嬰兒，另一個羅蘭說，她家小嬰兒比小寶寶琳琳漂亮。

「才怪！」羅蘭說，「琳琳是世界上最漂亮的小嬰兒。」

「不，她才不是。」另一個羅蘭說。

「是，她就是！」

「不，她才不是！」

身穿美麗印花洋裝的媽走了過來，嚴厲的說：

「羅蘭！」

兩個羅蘭都乖乖閉上了嘴巴。

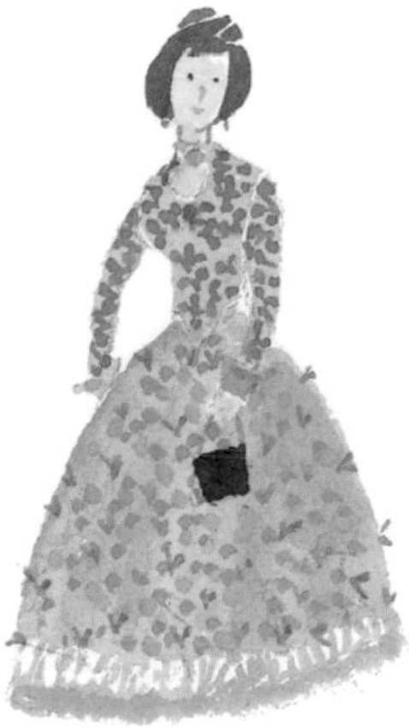

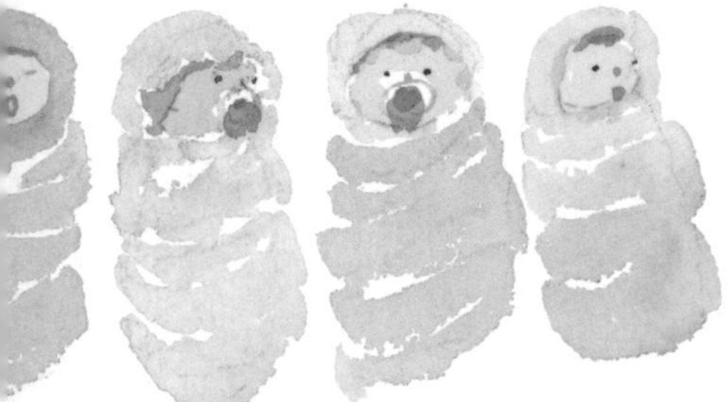

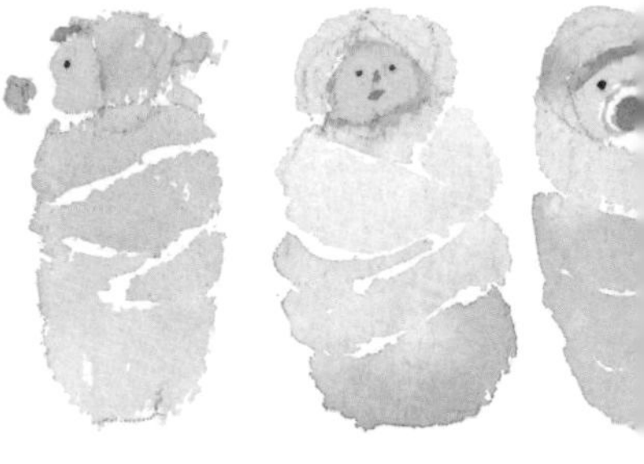

喬治叔叔又吹起了軍號，大房間裡迴盪著響亮的軍號聲，他不停的大笑、說笑話、跳舞，還不斷的吹響軍號。

爸從盒子裡拿出小提琴，他讓房裡的人排成整齊的四方形，大家紛紛跟著音樂跳起舞來。

「向左轉一個大圈！向右轉一個大圈！」爸大聲指示著。

每件裙子都在旋轉，每雙靴子都在踏步，他們轉了一圈又一圈，

每件裙子都轉向這一邊，每雙靴子都踏向另一邊，大家高舉著雙臂，隨著音樂不斷拍手。

「讓你們的舞伴旋轉一圈！」爸大聲說，「每位紳士請向左手邊的女士鞠躬！」

所有人都照著爸所說的動作。羅蘭看到媽的裙子旋轉了起來，她彎了彎纖細的腰，低下頭向舞伴行了個禮，烏黑亮麗的頭髮閃耀著。

羅蘭覺得，媽是世界上最美麗的舞者。小提琴繼續歌唱：

「噢，野丫頭啊！
今晚不出來嗎？
今晚不出來嗎？
今晚不出來嗎？
噢，野丫頭啊！
今晚不出來嗎？
在美麗的月光下跳舞嗎？」

大家圍成一個小圈圈與一個大圈圈，轉了一圈又一圈，裙子在旋轉，靴子在踏步，眾人對舞伴鞠躬，分開又聚集，接著再次鞠躬。

奶奶在廚房裡，跟著音樂攪動大銅鍋裡滾燙的楓糖漿。後門邊放著一桶白雪，每隔一陣子，奶奶就會舀一匙鍋中的糖漿，倒進裝滿雪的盤子裡。

羅蘭又跑回去看大家跳舞。爸現在拉的是〈愛爾蘭洗衣婦〉。他大喊：

「轉圈，各位女士，轉圈吧，

讓鞋跟與腳趾用力踏著地板！」

羅蘭的腳不禁跟著動了起來。喬治叔叔看著她，笑了出來。接著，他握住羅蘭的手，和羅蘭在角落跳起簡單的舞步。羅蘭覺得，自己開始喜歡喬治叔叔了。

每個人經過廚房門口時都在歡笑，他們把奶奶從廚房裡拉了出來。奶奶穿著一件深藍色印花洋裝，上面布滿了秋天葉子的圖案，看起來美極了。她的臉頰因為大笑而變得紅潤，手上還拿著木湯匙。她搖搖頭說：「我不能丟下楓糖漿不管啊！」

這時，爸演奏起了〈阿肯色旅人〉，所有人都隨著音樂拍手。奶奶只好向眾人彎腰鞠躬，獨自跳了一小段舞步。她跳舞的姿勢和其他人一樣優美，觀眾的拍手聲快要蓋過爸的小提琴聲了。

這時，喬治叔叔突然像鴿子一樣，將一隻手揮到身後，向奶奶深深鞠了個躬，開始跳起吉格舞。奶奶把手上的木湯匙扔給一旁的人，把雙手放在腰後，與喬治叔叔面對面，所有人都高聲叫了起來。奶奶也跳起了吉格舞！

羅蘭跟著音樂拍著手，其他人也都在拍手。小提琴發出前所未有的美妙音樂。奶奶的雙眼閃耀著光芒、臉頰紅撲撲的，鞋跟在裙子底下快速的敲著地板，就跟喬治叔叔用靴子踏響地板的速度一樣快。

每個人都激動不已。喬治叔叔繼續跳著吉格舞，奶奶繼續與他對戰。小提琴一刻也不停。喬治叔叔的呼吸變得急促，他抹去前額的汗水。奶奶的眼睛也閃閃發光。

「喬治，你不可能打敗她的！」有人喊道。

喬治叔叔的吉格舞跳得更快了，速度比先前快了兩倍。所有人都笑了起來，女人開心的拍著手，男人都在開喬治叔叔的玩笑。但是喬治叔叔並不在意，他喘著氣，根本沒時間大笑，只好繼續跳著吉格舞。

爸的藍眼睛亮晶晶的。他站起身，盯著喬治叔叔和奶奶，琴弓在琴弦上飛舞。羅蘭跳上跳下，高聲尖叫，還不停拍著手。

奶奶繼續跳著吉格舞。她的手扠在後腰上，下巴高高昂起，臉上掛著微笑；喬治叔叔也沒有停下腳步，但是靴子踏響地板的聲音，沒有一開始那麼大聲了。

奶奶的鞋跟愉快的繼續踢躂作響。一滴閃亮的汗水從喬治叔叔的前額滑落到臉頰旁。

他突然舉起雙手，喘著氣說：「我認輸！」他停下了舞步。

所有人都在大喊大叫、不斷跺腳，替奶奶喝采的聲音大得嚇人。

奶奶又繼續跳了一會兒才停下來，喘著氣大笑，她的雙眼也閃閃發光，就跟爸大笑時的眼神一樣。喬治叔叔也笑了起來，用袖子擦拭前額的汗水。

奶奶突然止住了笑容，用最快的速度跑進廚房，小提琴的琴聲也停了下來。

一看到奶奶匆忙跑走，原本都在說話的女人，還有開喬治叔叔玩笑的男人，統統都安靜了下來。

接著，奶奶又走了回來，她站在連通廚房和大房間的門邊說：

「楓糖漿開始變稠了，大家快來吃吧。」

所有人又開始談天說笑，他們匆匆走進廚房拿盤子，再到門外裝雪。廚房的門敞開著，冷空氣都竄入屋內。

天上的星星就像結了霜那樣冰冷，羅蘭的臉頰和鼻子都被空氣凍得發痛，呼出來的氣就像一陣陣的煙霧。

她和另一個羅蘭以及其他小孩都用盤子挖了一些乾淨的雪，接著回到擁擠的廚房裡。

奶奶站在大銅鍋旁，用木頭大湯匙把熱騰騰的楓糖漿舀進一盤盤白雪中。倒進雪裡的楓糖漿會瞬間冷卻、變成軟糖，他們立刻把軟糖放進嘴裡。

楓糖吃多了也不會生病，想吃多少就可以吃多少。鍋子裡有好多好多楓糖漿，屋外也有好多好多白雪，吃完一盤軟糖之後，他們又到屋外裝滿一盤白雪，奶奶再次將楓糖漿舀進盤子中。

他們吃了好多軟糖，直到再也吃不下為止，接著又吃起了長桌上的南瓜派、乾莓派、餅乾和蛋糕。桌上還有麵包、白切豬肉和醃黃瓜。

唔，醃黃瓜好酸啊！

他們吃到再也吃不下之後，便又回去跳舞了。但是奶奶仍然留在大銅鍋前，照看著鍋裡的楓糖漿。她一次又一次的舀出糖漿、在碟子裡畫著圓攪拌幾下，接著搖搖頭，把楓糖漿倒回鍋中。

大房間裡吵吵鬧鬧，充滿了小提琴歡樂的音樂聲和鞋子踏在地板上的聲音。

奶奶又再次將楓糖倒進小碟子裡攪拌，這次，楓糖漿出現像沙子一樣的結晶，奶奶大喊：

「女兒們，快來！楓糖結晶了！」

露碧姑姑、朵西亞姑姑和媽立刻停下舞步，跑進廚房。她們拿出所有的大鍋子和小鍋子，讓奶奶將楓糖漿倒滿每個鍋子，同時拿出更多更多的鍋子。她們把裝滿的鍋子拿到一旁，讓楓糖漿冷卻，變成楓糖塊。

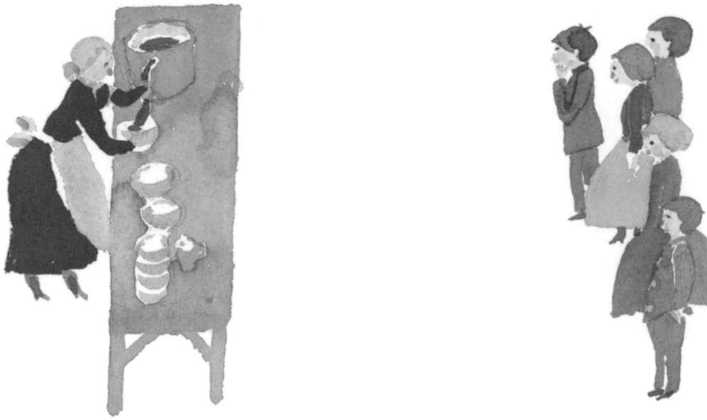

接著奶奶說：

「把餡餅鍋拿去給孩子們裝糖漿。」每個小女孩和小男孩，都拿到了一個餡餅鍋，就算沒有餡餅鍋也會拿到一個缺角的杯子或碟子。

所有孩子緊張地看著奶奶舀出楓糖漿。鍋裡的楓糖漿說不定不夠分，那樣的話，有人就要禮貌的分出一些糖漿了。

幸好，楓糖漿的分量剛剛好。大銅鍋裡的最後一點楓糖漿剛好裝滿了最後一個餡餅鍋，沒有人會吃虧了。

小提琴聲和舞步一刻也不停。羅蘭和另一個羅蘭站在一旁看著大人跳舞。接著，她們溜到大房間的角落，坐在地上看。大家的舞步美極了，音樂也歡樂極了，羅蘭覺得自己永遠也看不膩。

漂亮的大圓裙不斷旋轉，靴子不斷踏步，小提琴不斷歡樂的高歌著。

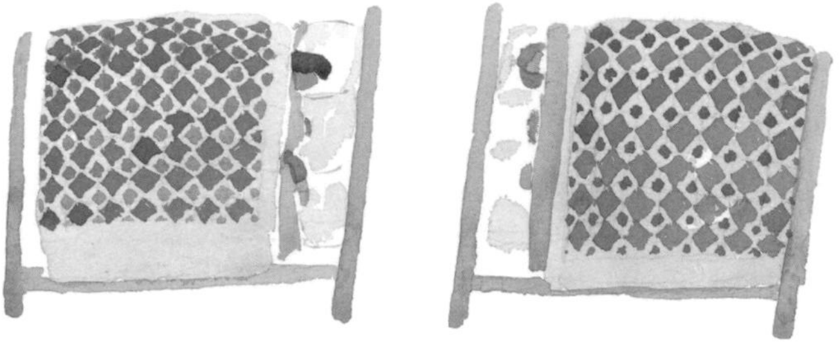

羅蘭醒了過來，發現自己躺在奶奶房間裡的床尾。已經是早上了。媽、奶奶和小寶寶琳琳也躺在床上。爸和爺爺身上裹著毛毯，睡在壁爐旁。她沒有看到瑪莉，瑪莉睡在朵西亞姑姑以及露碧姑姑的房間裡。

很快的，大家都醒了過來。早餐是鬆餅配上楓糖漿，吃過早飯後，爸把馬匹和雪橇牽到門口。

爸扶著懷裡抱著琳琳的媽坐進雪橇裡，爺爺把瑪莉抱上車，喬治叔叔把羅蘭抱上車，還幫她們蓋上毛毯，毛毯的邊緣仔細的塞進身下的稻草中。爸用大衣緊緊蓋在她們身上，接著便駕馬駛進大森林裡，往回家的路上前進。爺爺、奶奶和喬治叔叔站在門口大聲喊著：「再見！再見！」

陽光照在身上非常暖和，馬在奔跑時，馬蹄踩踏在路上濺起了泥濘的雪塊。羅蘭回過頭，發現雪橇後面有一排馬的蹄印，馬踩穿了薄薄的雪，露出了下面的泥巴。

「今天晚上，我們會看到今年最後一場糖雪了。」爸說。

9. 進城去

糖雪融化後，春天來臨了。在彎曲的鐵籬笆旁，小鳥在枝葉茂密的榛樹上唱歌。草地再次轉綠，樹林裡開滿了野花，遍地都是毛茛花、紫羅蘭、球吉利花以及像星星一樣的小野花。

天氣轉暖之後，羅蘭和瑪莉拜託媽讓她們光腳出去玩。一開始，她們只能在木柴堆附近光腳跑幾圈。隔天，媽允許她們跑得更遠一點，過沒多久，媽就把她們的鞋子上油、收了起來。現在，她們幾乎整天都能光著腳跑來跑去了。

每天晚上，她們都要在上床前把腳洗乾淨。裙襬下的腳踝和腳掌都曬成了棕色，就和她們的臉頰一樣。

屋前的兩棵大橡樹下，羅蘭和瑪莉各擁有一間遊戲屋。瑪莉的遊戲屋在瑪莉的樹下，羅蘭的遊戲屋在羅蘭的樹下。柔軟的草地是遊戲屋的綠色地毯，綠葉則是屋頂，她們可以透過屋頂的縫隙，看到細碎的藍天。

爸用粗樹幹做了一個鞦韆，掛在羅蘭那棵樹，一根低矮樹枝上。鞦韆掛在她的樹上，所以這是她的鞦韆，但是她不可以太自私，當瑪莉想要盪鞦韆時，隨時可以來玩。

瑪莉有一個壞掉的碟子可以玩家家酒，羅蘭也有一個破了一角的漂亮杯子。蒂蒂、娜娜和爸做的兩個木頭人一起住在遊戲屋中。每天，羅蘭和瑪莉都會替蒂蒂與娜娜用葉子做一頂新的帽子，她們還會用葉子做小小的茶杯和盤子放在桌子上。她們的桌子是一顆漂亮又光滑的大石頭。

兩頭乳牛蘇奇和西西被放到大森林裡吃野草和多汁的嫩葉。牛舍的前院裡關著兩隻小牛，豬圈也關著母豬和牠的七隻小豬。

爸去年在森林裡清出了一塊空地，他最近忙著剷除樹樁、種植新作物。一天晚上，爸結束工作後回到家裡，對羅蘭說：「妳知道我今天遇到什麼東西嗎？」

她猜不出來。

「嗯，」爸說，「今天早上在空地工作的時候，我抬頭一看，樹林間站著一頭母鹿。她是鹿媽媽，妳絕對猜不到有誰跟在她旁邊！」

「一頭小鹿！」羅蘭和瑪莉拍著手猜測。

「沒錯，」爸說，「她的小鹿就跟在旁邊。那個漂亮的小東西，眼睛又大又黑，身上的毛是淺色的。牠的腳好小好小，只比我的拇指大一點，腿好細好細，鼻子也好光滑。

「牠站在樹林間，用又大又溫柔的眼睛盯著我，猜測我到底是什麼東西。牠一點也不害怕。」

「爸，你不會射殺小鹿，對嗎？」羅蘭說。

「當然啦，絕對不會！」爸回答，「也不會殺牠的媽媽或爸爸。現在不能再打獵了，要等到所有小動物都長大了，才能重新開始打獵。我們要一直等到秋天才能有新鮮的肉可以吃。」

爸說，等到他把所有作物都種好之後，他們要一起進城去。羅蘭和瑪莉也可以去，因為她們現在已經夠大了。

對於進城這件事，羅蘭和瑪莉都興奮得不得了，隔天就玩起了進城的遊戲。可是她們玩得不是很順利，因為她們不確定城裡是什麼樣子，只知道城裡有一間商店，但是從來沒有親眼看過。

爸說要帶她們去商店之後，蒂蒂和娜娜幾乎每天都會問她們可不可以一起去。但是羅蘭和瑪莉總是回答：「不可以，親愛的，今年不可以去。如果妳們表現得夠好，明年才可能讓妳們去。」

沒多久，爸在某天晚上宣布：「我們明天進城。」

那天雖然不是禮拜六，但是晚上羅蘭和瑪莉都洗得乾乾淨淨，媽還替她們捲了頭髮。媽把她們的頭髮分成好幾束，用溼梳子梳過後，把每束頭髮緊緊的捲在小布片上。現在，她們的頭上是一顆顆小圓球，晚上不管怎麼睡都會壓到。等到明天早上，她們的頭髮就會變成捲髮。

羅蘭和瑪莉激動得睡不著覺。媽沒有像往常一樣坐在椅子上縫補衣物，而是忙著替明天做準備，包括能迅速吃完的早餐、最漂亮的襪子、襯裙和洋裝、爸的高級襯衫，還有她那件有紫色花朵圖案的深棕色洋裝。

白天變得比往日更長。隔天早上，吃完早餐之前，媽就把油燈吹熄了。這是個美麗又晴朗的春天早晨。

媽催促羅蘭和瑪莉快點吃完早餐，接著她迅速洗好碗盤。在媽鋪床時，羅蘭和瑪莉穿上襪子和鞋子。接著媽幫她們穿上最漂亮的洋裝——瑪莉的洋裝是藍色印花布洋裝，羅蘭的則是深紅色印花布洋裝。瑪莉替羅蘭扣上背後的鈕扣，媽則幫瑪莉扣上扣子。

媽把她們頭髮上的小布片拆了下來，頭髮梳順後，就會變成過肩的長捲髮了。媽替她們梳頭髮的動作很快，梳到打結的地方實在是痛極了。瑪莉的頭髮是漂亮的金色，但羅蘭頭髮卻是像泥土一樣的棕色。

梳好捲髮後，媽替她們戴好寬邊遮陽帽，帽繩也在下巴打了一個結。媽用金色的別針固定衣領、戴上帽子，這時候，爸剛好駕著馬車來到小木屋的門前。

爸已經替馬梳過毛了，牠們的毛看起來光滑細潤。他還把篷車清理了一番，並且在座位上鋪了一條乾淨的毯子。媽抱著小寶寶琳琳坐在篷車的座位上，爸坐在她旁邊。座位後面的拖板架了一條木板，羅蘭和瑪莉一起坐在那塊木板上。

一家人開開心心的駛進春天的森林中。琳琳一邊笑一邊扭動身軀，媽面帶微笑，爸一邊駕著馬車，一邊吹口哨。陽光明亮而溫暖的落在通往城裡的道路上，茂密的林間散發出陣陣清涼的氣息。

幾隻兔子站在前方的道路中央，牠們抬起前腳，不斷用顫動的鼻子聞著空氣中的氣味，陽光照在牠們不斷抖動的長耳朵上。接著，牠們雪白的小尾巴一閃，飛也似的跳走了。一路上，羅蘭和瑪莉在樹木的陰影間看到了兩隻鹿，牠們都用大大的黑眼睛盯著她們看。

城鎮距離小木屋十一公里遠。這座城叫做佩平鎮，就位於佩平湖的湖畔。

過了好長一段時間，羅蘭終於從樹木縫隙間，看到了零星的藍色湖水。原本堅硬的道路變成了柔軟的沙地，篷車的輪子在沙地中陷得很深，拉車的馬匹滿身是汗。每隔一陣子，爸就要停下來，讓馬休息一下。

過沒多久，道路帶他們離開了樹林，羅蘭看到那座湖了。湖水和天空一樣藍，整座湖一直延伸到世界的盡頭。羅蘭向湖的另一邊遠眺，但是只看得到平靜無波的藍色湖水。在很遠很遠的地方，天空和湖水互相會合，只有一條深藍色的線畫開了天空與湖水。

頭頂的天空很寬廣。羅蘭從來沒有看過這麼寬廣的天空，周遭空蕩蕩的，讓她覺得害怕，覺得自己好渺小，她很慶幸爸和媽都在身邊。

陽光變得炎熱。太陽高掛在寬廣的天空上，陰涼的樹林已經退到湖泊的邊緣去了。在如此廣大的天空之下，連大森林都顯得有些渺小。

爸停下馬車，轉過頭來，用馬鞭指向前方。

「羅蘭，瑪莉，這就是啦！」他說，「這就是佩平鎮。」羅蘭站到木板上，爸扶著她的手臂，讓她能站穩、看見佩平鎮。羅蘭看著眼前的景象，幾乎無法呼吸。她現在終於知道，為什麼美國佬會因為房子太多而看不到城了。

湖邊有一棟宏偉的大房子。爸告訴她，那就是商店。商店的建材不是圓木，而是直立的寬大灰色木板。商店四周的地面都是沙。

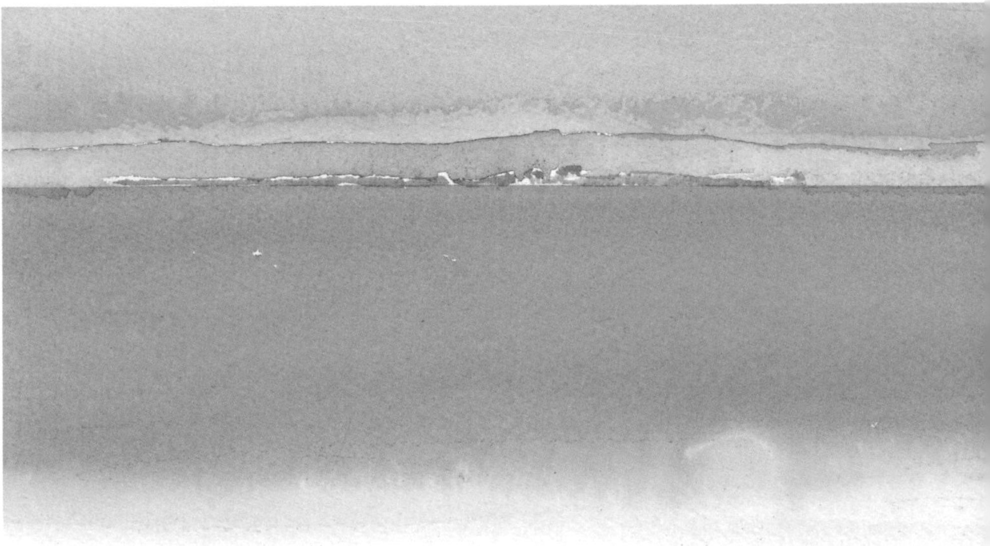

商店的後面有一片空地，這塊空地比爸在小木屋外面清出的林間空地還要大。商店旁的樹樁間還有更多房子，多到羅蘭數都數不清。這些房子的建材都不是圓木，而是跟商店一樣的木板。

羅蘭從來沒有想過世界上會有這麼多棟房子蓋得這麼近。當然，這些房子都比商店小得多了。其中一棟房子的木板還很新，牆壁沒有因為時間流逝而變灰暗，呈現出新鮮的黃色木頭。

很多人住在這些房子裡。房子的煙囪升起白煙。今天不是禮拜一，但有些女人已經把洗好的衣物晾在屋旁的灌木叢或是樹樁上了。

在商店和住家之間的空地上，好幾名男孩和女孩在陽光下玩耍。他們在樹樁之間跳躍，不斷大吼大叫。

「好啦，這裡就是佩平鎮了。」爸說。

羅蘭點點頭。她看了又看，看了又看，一句話也說不出來。過一陣子之後，她坐了下來，馬車繼續前進。

他們在湖邊停下了篷車。爸解開馬具，再把兩隻馬分別綁在篷車的兩邊。接著，他們踩著又深又軟的沙子走向商店，爸牽著羅蘭和瑪莉，媽抱著小寶寶琳琳走在他們旁邊。溫暖的沙子漫過了羅蘭的鞋尖。

商店門口是一個大大的平台，平台一端是一段向下連接到沙地的階梯。羅蘭的心臟跳得飛快，她差點就爬不上商店的階梯，全身都在顫抖。

這就是爸交換毛皮的商店。當他們走進店裡時，商店老闆馬上就認出爸來了。商店老闆從櫃台後走了出來，跟爸和媽說話。這時候，羅蘭和瑪莉應該表現出有禮貌的態度。

瑪莉說：「你好嗎？」但是羅蘭卻說不出話來。

商店老闆跟爸和媽說：「你們這個女兒真是漂亮。」接著他又稱讚了瑪莉的金色捲髮，但是他沒有稱讚羅蘭和羅蘭的捲髮，因為羅蘭一點也不漂亮，頭髮又是棕色的。

商店裡的東西琳瑯滿目，店裡一側排滿了櫃子，裡頭擺滿了五顏六色的印花布，有漂亮的粉紅色、藍色、紅色、棕色和紫色。木頭櫃台旁的地板上，放著好幾桶釘子和灰色的圓形子彈，還有裝得滿滿一大籃的糖果。店裡還有一袋袋的鹽和糖。

商店的正中央掛著一把用閃亮的木頭做成的犁，犁上的刀片閃爍著光澤，另外還有鋼製的斧頭、榔頭、鋸子和各種刀具——獵刀、剝皮刀、殺豬刀和折疊小刀。店裡也有大靴子和小靴子，大鞋子和小鞋子。就算在這裡逛一個禮拜，也沒辦法把每樣東西都看過一遍。羅蘭從來不知道，世界上原來有這麼多東西。

爸和媽花了很長的時間跟商店老闆談價錢，他拿出一捆捆漂亮的印花布，展開來給媽看看花紋、摸摸材質，接著媽又問了問價錢。羅蘭和瑪莉也站在一旁看，但是她們絕不能伸手摸。每次展開的新顏色和新花樣，都比上一捆印花布還要漂亮，店裡的印花布多得不得了！羅蘭不知道媽怎麼有辦法選出想要的印花布。

媽選了兩種印花布給爸做襯衫，一塊棕色的牛仔布做爸的工作服。接著她又選了一捆白布用來做床單和內衣褲。

爸拿了一塊印花布要給媽做新圍裙。

媽說：「噢，不，查爾斯，我不需要新的圍裙。」

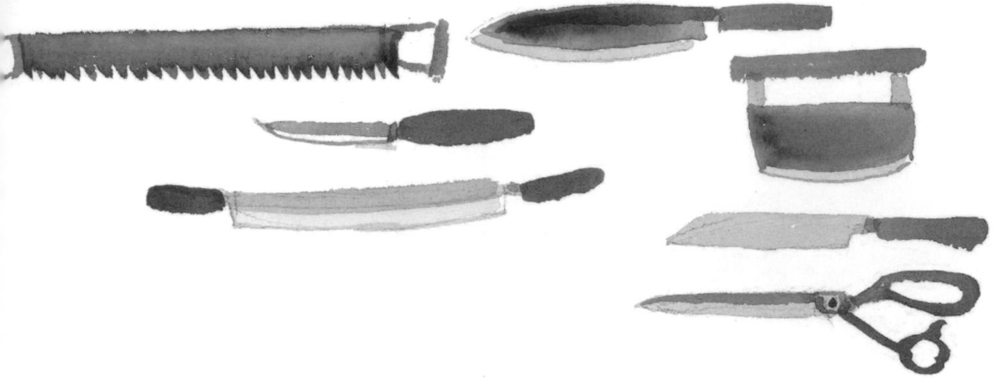

　　但是爸笑著說她一定要挑一種花色，不然他就要選那塊鮮紅底大黃花的印花布了。媽紅著臉，微微笑了。最後，她挑了上面有玫瑰花苞和葉子圖案的淡褐色柔軟布料。

　　爸替自己買了一副褲子吊帶和一些抽菸用的菸草。媽買了一磅茶葉和一小包商店的糖，用來招待客人。商店的糖是淡黃色的，顏色不像媽平常用的楓糖那麼深。

　　買完東西後，商店老闆給了瑪莉和羅蘭一人一塊糖果。她們又驚又喜的呆站在原地，盯著糖果不放。

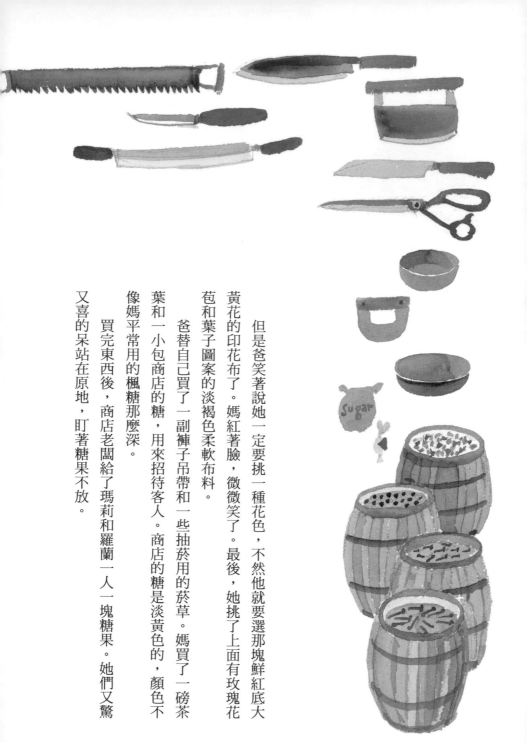

接著瑪莉想起來，她說：「謝謝你。」

羅蘭說不出話來，大家都在等她開口，但她卻一個字也說不出來。媽只好問她：

「羅蘭，妳要說什麼呢？」

羅蘭張開嘴巴，深深吸了一口氣，小小聲的說：「謝謝你。」

然後，他們便離開了商店。

這兩塊糖果都是薄薄的白色心型糖果，上面印著紅色的字。媽替她們念了上面的字。瑪莉的那塊糖寫著：

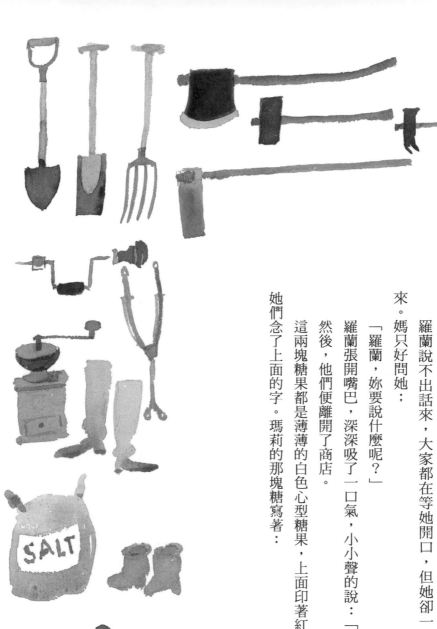

「紅紅的玫瑰，
藍藍的紫羅蘭，
甜甜的糖，
就像妳。」

羅蘭的那塊糖寫著：
「甜甜的糖給甜甜的妳。」

兩塊糖的大小一模一樣，但是羅蘭的那塊糖，上面的字比較大。

他們一起走過沙地，回到停在湖邊的篷車旁。爸拿出燕麥倒在車廂底，給馬兒當午餐。媽打開了野餐盒。

他們一起坐在篷車旁溫暖的沙地上，吃著麵包、奶油、乾酪、水煮蛋和餅乾。佩平湖的浪花捲上湖岸，發出輕柔的浪濤聲，然後迅速的從他們腳邊退回湖中。

吃過午餐後，爸回到商店裡和其他男人聊天。媽抱著琳琳靜靜坐著、哄著琳琳睡午覺。羅蘭和瑪莉則沿著湖岸奔跑，撿起一顆顆漂亮的鵝卵石，這些石頭被浪花來回拍打，表面被磨得光滑又細膩。大森林裡完全找不到像這樣的鵝卵石。

每看到一顆漂亮的鵝卵石，羅蘭就會撿起來放進口袋，但是漂亮的鵝卵石實在太多了，每一顆都比上一顆還要漂亮，把羅蘭的口袋裝得滿滿的。沒多久，爸喊她們回去，她們一路跑回篷車旁。爸把篷車套到馬兒身上，該回家了。

羅蘭的口袋裡滿滿都是漂亮的鵝卵石，她開心的踩著沙子往爸的方向跑去。但是，當爸將羅蘭抱起來放進篷車裡的那一刻，可怕的事發生了。

沉重的鵝卵石把羅蘭洋裝的口袋扯破，口袋掉了下來，鵝卵石散落在篷車裡。羅蘭最漂亮的洋裝破了，於是她哭了起來。

媽把小寶寶琳琳交給爸，走到羅蘭身旁檢查洋裝的破洞。接著，她說沒關係。

「羅蘭，別哭了。」她安慰著說，「我可以把洋裝補好。」她讓羅蘭看看扯破的地方，洋裝和口袋都沒有扯壞，只是接縫處裂開了而已。只要把口袋縫回去，洋裝就會跟新的一樣。

「羅蘭，把那些漂亮的鵝卵石撿起來。」媽說，「下次不要這麼貪心了。」

羅蘭把鵝卵石撿起來，裝回口袋裡，再把口袋放在大腿上。爸取笑她是個貪心的小女孩，撿的鵝卵石多到帶不走，但是羅蘭一點也不在意。

瑪莉從來不會遇到這種事。瑪莉是個乖巧的小女孩，她的裙子整齊又乾淨，她總是很有禮貌。瑪莉有著一頭可愛的金色捲髮，她的心型糖果上寫的詩也在稱讚她。

瑪莉坐在篷車裡的木板上，看起來漂亮甜美，既乾淨又整齊。羅蘭坐在瑪莉身邊，她覺得這真是太不公平了。

今天真是一生中最完美的一天，羅蘭想著那座美麗的湖、想著她剛剛看到的城鎮，還想著堆滿了各種物品的大商店。羅蘭謹慎的拿著放在腿上、裝滿鵝卵石的口袋，糖果也被她小心翼翼的包在手帕裡，等回家後，她就要把糖果收起來。糖果太漂亮了，她捨不得吃。

篷車搖搖晃晃的駛過大森林裡的道路，往家的方向前進。夕陽西沉，樹林漸漸變暗了，在最後一道陽光消失之前，月亮爬上了天空。爸帶了獵槍，他們都很安全。

溫柔的月光從樹頂灑落，將前方的道路映照出一塊塊交錯的月光與陰影。馬蹄聲聽起來清脆而愉悅。

羅蘭和瑪莉太累了，她們一路上都很安靜，媽默默的坐著，臂彎裡的小寶寶琳琳已經睡著了。爸則輕輕唱著歌：

「雖然沒有好花園，
春蘭秋桂長飄香，
雖然沒有大廳堂，
冬天溫暖夏天涼，
可愛的家庭呀，
我不能離開你，
你的恩惠比天長……」

10. 探訪親友的季節

夏天到了，大家開始四處探訪親友。有時候，亨利舅舅、喬治叔叔或爺爺會駕著馬，穿越大森林來找爸。媽會前去應門，詢問其他家人是否安好，接著她會說：「查爾斯正在開墾土地。」

她會準備比平常更豐盛的午餐，用餐時間也會比平常還要長。爸、媽會和來訪的客人坐下來聊聊天，接著再回去工作。

有時候，媽會讓羅蘭與瑪莉穿過森林裡的小路，到山坡下去拜訪彼得森太太。

彼得森一家人才剛搬過來沒多久，他們的房子還很新，家裡總是非常整潔，因為彼得森一家沒有會把東西弄得亂七八糟的小女孩。

彼得森太太是瑞典人，有時候她會讓羅蘭和瑪莉看看她從瑞典帶來的漂亮物品，像是蕾絲、華麗的刺繡還有漂亮的瓷器。

彼得森太太跟她們說瑞典話，她們則對彼得森太太說英語，但是她們都能聽懂彼此說的話。每次她們要離開時，彼得森太太會給她們一人一片餅乾，她們會在回家的路上小口小口慢慢吃著餅乾。

羅蘭吃掉一半的餅乾，瑪莉也吃掉一半的餅乾，她們都想把剩下的那半片餅乾留給小寶寶琳琳。當她們回到家之後，琳琳就會得到兩個半片餅乾，加起來就是一整片餅乾。

這樣好像不太對。她們原本想要公平的和琳琳平分一塊餅乾。但是，如果瑪莉留下一半的餅乾，而羅蘭把她的餅乾全部吃掉，或者羅蘭留下一半的餅乾，而瑪莉把她的餅乾全部吃掉，似乎也不公平。

她們不知道該怎麼辦，只好一人各留一半給琳琳，但是她們總覺得這樣做不太公平。

偶爾，會有鄰居事先通知說，全家要來玩一整天。每當這個時候，媽就會花更多時間打掃房子、烹煮食物，還會拿出從商店裡買來的糖。鄰居來訪的那天，家門口一大早就會停著一輛篷車。那一整天，羅蘭和瑪莉可以和陌生的小孩一起玩。

胡利特夫婦來訪時，會帶上伊娃與漢斯。伊娃很漂亮，有著黑色的眼睛和黑色的捲髮。玩遊戲時，伊娃總是很小心，裙子總是乾乾淨淨、整整齊齊的。瑪莉也喜歡那樣的遊戲，但是羅蘭比較喜歡和漢斯一起玩。

漢斯有著一頭紅髮，他的臉上長滿了雀斑，臉上總是笑嘻嘻的。他的衣服也很漂亮，金色鑲邊的藍色襯衫，正面扣著一排金色鈕扣，鞋尖上鑲著一塊閃著金光的銅片。羅蘭真希望自己也是個男孩，因為小女孩的鞋尖不會鑲上銅片。羅蘭和漢斯又跑又叫，還爬到樹上玩；瑪莉和伊娃則是安安靜靜的散步、聊天。媽和胡利特太太一邊聊天，一邊讀著胡利特太太帶來的《高德婦女潮流雜誌》；爸和胡利特先生則一起去看看馬匹和作物，還一起抽菸斗。

樂蒂阿姨也來拜訪過一次。那天早上，媽花了好長一段時間幫羅蘭把頭髮上的小布片拆下來，把頭髮梳成卷卷的。瑪莉的頭髮已經整理好了，她端莊的坐在椅子上，金色的捲髮光亮華麗，身上的藍洋裝清爽優雅。

羅蘭喜歡自己的紅色洋裝，但是媽用力的梳她的頭髮，她覺得好痛，羅蘭的頭髮不是金色，而是棕色的，沒有人會注意她的頭髮。大家只會稱讚瑪莉的金色頭髮。

「好啦！」媽終於說，「妳的頭髮也是美美的捲髮了。樂蒂阿姨快要到了，妳們兩個一起到外面接她吧，問問她比較喜歡哪種頭髮，棕色捲髮還是金色捲髮。」

羅蘭和瑪莉跑出門，沿著小路跑到柵欄門口，樂蒂阿姨已經在那裡等她們了。樂蒂阿姨是個大女孩，她比瑪莉還高，身上穿著漂亮的粉紅色洋裝，手上抓著粉紅色寬邊遮陽帽的帽繩，帽子在她的手中晃來晃去。

「樂蒂阿姨，妳比較喜歡哪一種呢？」瑪莉問，「棕色捲髮還是金色捲髮？」瑪莉是個乖小孩，大人要她做什麼，她就會做。

羅蘭等著樂蒂阿姨回答，但是她覺得很不開心。

「兩種都喜歡。」樂蒂阿姨笑著回答。她一手牽著羅蘭，一手牽著瑪莉，帶著她們一起蹦蹦跳跳的走回小木屋門口，媽正站在那裡等她們。

陽光從玻璃窗灑進屋裡，一切看起來都那麼整潔、美好。桌上蓋著一塊紅布，黑色的灶爐被擦得閃閃發光。玻璃窗擦得非常乾淨，羅蘭甚至可以透過窗戶看見臥室大床下的小滾輪床。

食物儲藏室的門開著，櫃子上堆滿了各式各樣的香料與食物，散發著香味。黑貓蘇蘇剛剛睡醒，牠發出開心的呼嚕聲，從閣樓上的樓梯走下來。

一切都很美好，羅蘭覺得好開心，沒人想到當天晚上，她會那麼淘氣。

樂蒂阿姨回去了之後，羅蘭和瑪莉都筋疲力竭。她們拿著木片盒，一起到柴堆邊撿隔天早上用來生火的木片。

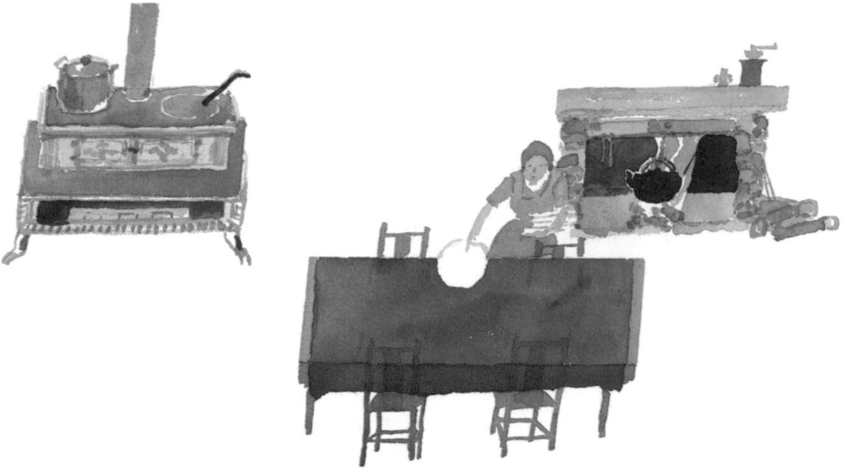

她們最討厭撿木片了，但這是每天晚上的例行公事。只是這天晚上，她們覺得撿木片比往常還要令人厭煩。

羅蘭撿起了最大的一塊木片，這時瑪莉說：

「我不管。反正樂蒂阿姨就是比較喜歡我的頭髮。金色頭髮比棕色頭髮漂亮多了。」

羅蘭覺得喉嚨緊緊的，說不出話來，她知道金色頭髮比棕色頭髮漂亮。她突然伸出手打了瑪莉一記耳光。

這時，她聽到爸說：「羅蘭，過來！」

她拖著腳步，慢慢走了過去。爸就坐在門邊，他看到羅蘭打瑪莉的那一幕了。

「記不記得？」爸說，「我說過，絕對不可以打架。」

羅蘭反駁：「可是瑪莉說……」

「一樣，」爸說，「妳要記住我說的話。」

接著，爸從牆上把皮帶拿下來，打了羅蘭一頓。

羅蘭坐在角落的椅子上哭泣，哭完了之後，便開始生氣。唯一一件能讓她高興的事，就是今天晚上，瑪莉必須獨自撿整整一盒木片。

天色暗下來之後，爸終於開口：

「羅蘭，過來。」他的聲音柔柔的。

羅蘭走到爸身邊，他把羅蘭抱到膝上，緊緊摟著她。羅蘭靠在爸的臂彎裡、頭靠著他的肩膀，爸的長鬍鬚擋住了她的視線，羅蘭覺得心情好多了。

她告訴爸事情的經過，然後問他：「你是不是也覺得金色頭髮比棕色頭髮好看？」

爸用亮晶晶的藍眼睛看著她，說：「羅蘭，我的頭髮也是棕色的呀。」

羅蘭完全沒有想到這點。爸的頭髮是棕色的，鬍鬚也是棕色的，現在，她覺得棕色是最可愛的顏色了。不過，她還是很高興瑪莉今天必須一個人去撿木片。

通常，爸不會在夏天的晚上講故事或拉小提琴。夏天的白天很長，他在外面工作一整天已經很累了。

夏天時，媽也很忙。羅蘭和瑪莉要幫媽拔掉菜園裡的雜草，還要幫忙餵小牛和母雞。她們收集雞蛋，幫忙製作乾酪。等到樹林裡的草長得夠高、夠多之後，乳牛就會開始產出大量奶水，這時候就可以製作乾酪了。

製作乾酪必須殺掉一頭小牛，因為做乾酪必須要有凝乳酵素，小牛的胃膜就有凝乳酵素。這頭小牛必須很小，只喝過牛奶，沒有吃過其他東西。

羅蘭很擔心爸會殺掉牛舍裡其中一頭小牛。牠們都好可愛，一頭是淺棕色的，另一頭是紅色的，毛好軟好軟，眼睛又大又溫柔。當媽告訴爸要開始製作乾酪時，羅蘭的心臟跳得飛快。

但是爸不打算殺掉家裡的小牛，這兩頭小牛是小母牛，長大後就是乳牛了。爸到爺爺和亨利舅舅那邊，討論這件事。亨利舅舅說他會殺掉一頭小牛，這頭小牛的胃夠波莉舅媽、奶奶和媽製作乾酪。

有一天，爸去了一趟亨利舅舅家，帶回一小塊小牛的胃。它看起來就像柔軟的灰白色皮革，其中一面看起來粗粗、皺皺的。

晚上，媽幫乳牛擠完牛奶，再將牛奶倒進鍋子裡。隔天早上，媽把浮在牛奶表層的奶油撈起來，用來壓製塊狀奶油。接著，等早上剛擠的新鮮牛奶冷卻後，再倒入撈去奶油的牛奶中混和均勻，放在爐灶上加熱。

一塊包在布裡的小牛胃正泡在溫水中。

牛奶加熱到適當的溫度後，媽把包在布裡的小牛胃用力擠乾，接著把泡過小牛胃的水，倒入加熱後的牛奶中。攪拌均勻後，媽把這鍋牛奶放在爐灶上保溫。沒多久，牛奶就會凝結成光滑、柔嫩、有彈性的塊狀物。

媽用一把長長的刀把它切成許多小方塊，讓乳清從方塊中流出來。接著，媽把整鍋小方塊與乳清倒到一塊布上，過濾出稀薄的黃色乳清。

直到小方塊中再也沒有乳清流出來之後，剩下的塊狀物就是凝乳，媽把布上的凝乳統統裝進一個大鍋子裡面，加鹽攪拌均勻。

羅蘭和瑪莉都待在媽的身邊幫忙。當媽加鹽、攪拌凝乳時，她們可以吃一點最愛吃的凝乳，讓凝乳在嘴巴裡發出嘎吱嘎吱的聲響。

爸在後門外的櫻桃樹下，架起了壓乾酪用的木板。他在木板上刻了兩條長溝，就和木板一樣長。接著，將木板頭尾兩端，分別架在兩塊大木塊上，其中一端比另一端稍微低一點，並且在較低的木板尾端下，放一個空的桶子。

媽把用來幫乾酪塑形用的木環放在木板上，並且將一片乾淨的溼布鋪在木環裡。接著，把加了鹽的凝乳倒進木環內並且塞滿。媽把另一塊乾淨的溼布蓋在凝乳上，再將一塊稍微小一點、剛剛好能夠放進木環裡的圓形木板放在最上面。最後，她搬來了一塊很重的大石頭，緊緊的壓在圓形木板上。

一整天，石頭的重量會把木板慢慢往下壓，凝乳中的乳清也會被擠壓出來，沿著木板上的長溝流進桶子裡。

第二天早上，媽從木環裡拿出一塊和牛奶罐一樣大的淡黃色圓形乾酪，然後繼續製作更多凝乳，再把製作乾酪的木環裝滿。

每天早上，媽都會從圓形木板下拿出做好的乾酪，仔細的把乾酪外表削得細緻光滑。她用一塊塗滿了新鮮奶油的布，緊緊包住乾酪，接著把乾酪放進食物儲藏室的櫃子裡。

每天，媽都會小心翼翼的用溼布擦拭這些做好的乾酪，再用新鮮奶油塗抹乾酪的每一個地方，最後把乾酪翻面、放回櫃子裡。重複這些動作好幾天之後，乾酪成熟了，它的外皮長出一層乾酪皮。

乾酪成熟後，媽用紙把乾酪包好、存放在較高的櫃子裡。想吃的時候，只要拆開包裝就可以吃了。

羅蘭和瑪莉很喜歡製作乾酪。她們喜歡吃凝乳時，牙齒傳出嘎吱嘎吱的聲音，也喜歡吃媽從一大塊圓圓乾酪上削下來的碎屑。

羅蘭和瑪莉也愛吃還沒成熟的青乾酪，媽總是笑她們貪嘴。

「有些人說，月亮就是一大塊青乾酪。」媽告訴她們。

剛做好的乾酪看起來很像從樹林間升起的月亮，但是青乾酪不是

青色的，它跟月亮一樣是黃色的。

「青乾酪就是還沒成熟的乾酪，」媽說，「等到乾酪成熟了，就不叫青乾酪了。」

「月亮真的是一大塊青乾酪嗎？」羅蘭問。媽笑了起來。

「我想，大家之所以會這樣說，是因為月亮長得很像青乾酪，」媽說，「外表看起來真的很像。」媽用溼布擦拭青乾酪，並且用奶油塗抹過一遍，媽告訴她們，月亮上面寂靜寒冷，是一個沒有任何生物生長的小世界。

製作乾酪的第一天，羅蘭沒有告訴媽就去嘗了一口乳清。當媽轉過身來，看到羅蘭偷喝乳清的表情後就大笑出聲。

那天晚上，媽在洗碗盤，羅蘭和瑪莉在一旁幫忙擦拭時，媽告訴爸，羅蘭偷喝了乳清，而且一點也不喜歡。

「喝了媽做的乳清，妳不會像老吉米喝他太太的乳清一樣餓死的。」爸說。

羅蘭求爸告訴她老吉米的故事。雖然爸已經很累了，但他還是把小提琴從琴盒裡拿出來，為羅蘭唱歌：

「老吉米死了，他是個老好人，
我們再也見不到他，
他總是穿灰色的舊大衣，
扣子扣得緊緊的。

「老吉米的妻子做了乾酪，
她撈起每一滴的奶油，
老吉米喝下她的乳清，
從西邊吹來一陣東風，
把老吉米吹得無影無蹤。」

「這就是老吉米的故事啦！」爸說，「老吉米的妻子是個小氣的女人。如果做乾酪時，不要撈走所有的奶油，老吉米或許還能搖搖晃晃的站在地面上呢。

「但她把每一滴奶油都撈起來，可憐的老吉米骨瘦如柴，一陣風就把他吹走了。他的的確確是餓死的。」

接著，爸看著媽說：「卡洛琳，只要有妳在，我們就不會餓死啦。」

「這個麼，」媽說，「查爾斯，除非有你來供養我們啊。」

爸很開心。這真是一個令人愉快的夏夜，門窗大大的敞開，媽在洗碗盤，瑪莉和羅蘭在一旁幫忙擦拭，屋裡只有細碎悅耳的碗盤敲擊聲。爸把小提琴收起來，笑著吹起了輕快的口哨。

過了一陣子後，他說：「卡洛琳，明天早上，我要去亨利那裡跟他借鋤頭。麥田樹樁附近長滿了雜草，已經快要有腰部那麼高了。我們要勤快的除草，否則森林就會霸占那塊地了。」

第二天一大早，爸徒步往亨利舅舅家走去。但是過沒多久，他又跑了回來，把篷車套到馬匹身上，接著把斧頭、兩個洗衣桶、一個煮衣鍋和所有他能找到的鐵桶及木桶都丟了進去。

「卡洛琳，我不確定是不是需要這麼多桶子，」他說，「但是我不希望在需要用到的時候，才發現不夠用。」

「噢，怎麼了？」羅蘭一邊問，一邊興奮的跳上跳下。

「爸找到一棵有蜜蜂窩的樹，」媽說，「說不定他會帶一些蜂蜜回來。」

爸回來的時候，已經過中午了。羅蘭一直站在門口等爸回來。當篷車在牛舍前院停好時，羅蘭立刻就跑了過去。但是她看不到篷車裡面有什麼。

爸喊道：「卡洛琳，可以幫我把這桶蜂蜜拿進去嗎？我去把馬鞍卸下來。」

媽走出家門，失望的走到篷車旁邊。她說：

「查爾斯，就算只有一桶蜂蜜也好。」接著，她看向篷車裡面，立刻驚訝得舉起了雙手。爸大笑了起來。

所有的鐵桶和木桶裡，都裝滿了正在流著蜂蜜的金色蜂巢。兩個洗衣桶和洗衣籃也都裝得滿滿的。

爸和媽來來回回的把滿滿兩個洗衣桶、一個洗衣籃和所有鐵桶與木桶搬進小木屋裡。媽在盤子裡堆了高高一疊金色蜂巢，剩下的蜂巢都用布整整齊齊的包了起來。

晚餐時，他們大吃著美味的蜂蜜，直到再也吃不下為止。爸告訴她們，他是怎麼發現這棵有蜂窩的樹。

「我今天沒有帶槍，」他說，「現在是夏天，我也不是去打獵，森林裡沒有什麼危險。每年這個時候，豹和熊都吃得胖嘟嘟的，牠們變得懶洋洋，脾氣好得不得了。

「今天，我從樹林間穿過，想走捷徑到亨利舅舅家。走到一半時，差點就撞到一頭大熊。我一繞過矮樹叢就看到牠了，我們兩個之間的距離，就跟這間房間差不多寬。

「牠看了我幾眼，大概發現我沒有帶槍。總而言之，牠對我一點興趣也沒有。

「牠用兩隻腳站著，面前是一棵大樹，好多蜜蜂在牠的周圍嗡嗡飛舞。蜜蜂沒辦法穿過大熊厚重的毛皮叮牠，大熊不斷用一隻前爪趕走頭上的蜜蜂。

「我站在一旁觀察，只見牠把另一隻前爪伸進樹洞裡，抽出來時，上頭沾滿了蜂蜜。牠把前爪上的蜂蜜舔掉後，又伸進去沾更多蜂蜜。我在附近找了一根木棒。我也想要那些蜂蜜。

「我用木棒大力敲打一旁的樹木，大喊大叫，製造出很大的聲音。那隻熊已經吃飽了，胖得不得了，於是牠四腳著地，搖搖擺擺的走進了樹林裡。我又追趕牠好一段距離，讓牠趕快走、走得更遠一點，然後就回來駕篷車了。」

羅蘭問他怎麼拿到蜂蜜的。

「這太簡單了，」爸說，「我讓馬停在遠一點的地方，才不會被蜜蜂叮。然後，把那棵樹劈成了兩半。」

「蜜蜂沒有叮你嗎？」

「沒有，」爸說，「蜜蜂從來不叮我。」

「那棵樹是中空的，裡面存放著滿滿的蜂蜜。那些蜜蜂一定花了好幾年才儲藏了這麼多蜂蜜。有些蜂蜜又舊又黑，我拿回來的都是新鮮、乾淨的蜂蜜，夠我們吃上好一段日子了。」

羅蘭替那些可憐的蜜蜂感到難過。她說：「牠們工作得那麼辛苦，現在卻一點蜂蜜也不剩。」

但是爸說，他留了很多蜂蜜給蜜蜂，而且附近還有另一棵中空的大樹，蜜蜂可以搬到那棵樹裡。他說，蜜蜂也該搬到一個乾淨的新家去了。

蜜蜂會把爸留在老樹洞裡的舊蜂蜜搬過去，重新製造新鮮的蜂蜜，儲藏在新家裡。牠們會收集每一滴灑在地上的蜂蜜、儲藏起來，在冬天來臨之前，就能收集到足夠過冬的蜂蜜了。

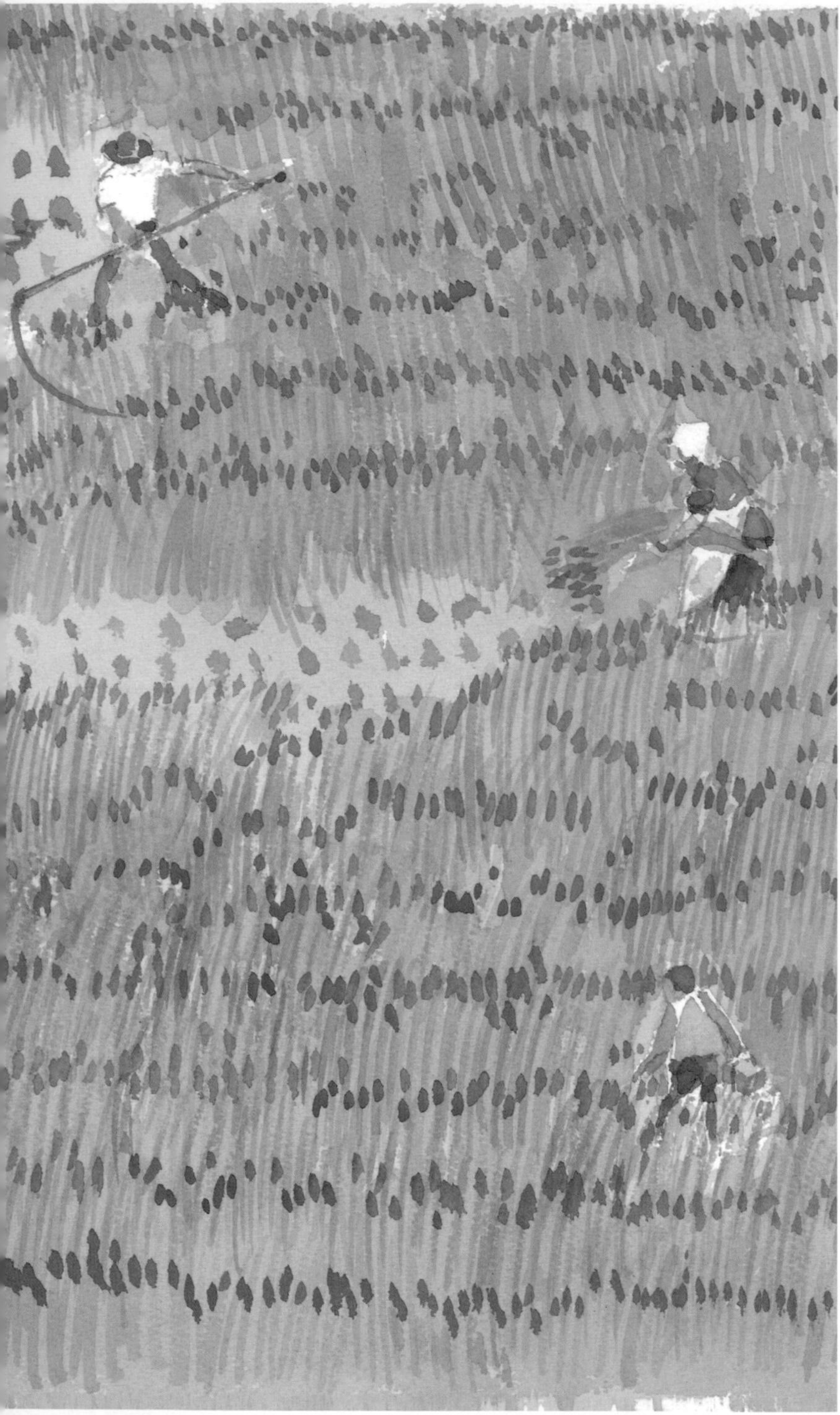

11. 收割的季節

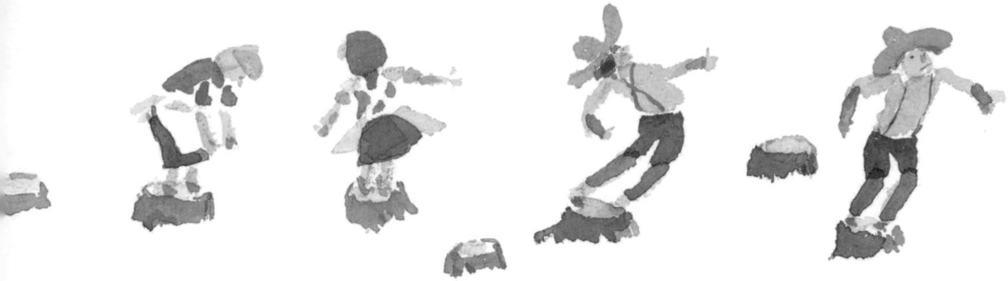

田裡的穀物成熟後，爸和亨利舅舅說好要互相幫忙。亨利舅舅會到他們家和爸一起工作，波莉舅媽和表哥表姊也會來拜訪他們。之後，爸也會幫亨利舅舅收割，媽也會帶羅蘭、瑪莉和小寶寶琳琳一起去波莉舅媽家。

媽和波莉舅媽在屋子裡做家事時，所有的孩子都會待在院子裡玩耍，直到吃午餐的時候。波莉舅媽的院子非常適合玩耍，裡面有好多好多厚實的樹樁。可以從這個樹樁上跳到另一個樹樁上，完全不會踩到地上。

就連年紀最小的羅蘭，都可以輕易的在樹樁間跳來跳去，因為院子裡最小的那幾棵樹彼此靠得很近。查理表哥是個大男孩，快要滿十一歲了，他可以在院子裡的每一個樹樁間跳來跳去。如果是比較小的樹樁，甚至可以一次跳過兩個，他還可以走在籬笆的橫木上，一點也不害怕。

爸和亨利舅舅在田裡，用大鐮刀收割燕麥。大鐮刀很鋒利，上方固定了一個木條作成的框架，割下燕麥時，木製框架會把麥稈整整齊齊的聚集起來。爸和亨利舅舅抓著又長又彎的把手，在直挺挺的燕麥田中揮動大鐮刀。

割下來的燕麥夠多之後，他們會把木製框架上的燕麥抖落到地面，疊成整齊的燕麥堆。

這個工作非常辛苦，他們必須在大太陽底下來回走動，手裡握著沉重的大鐮刀，在燕麥田裡左右揮動著，再把割下來的燕麥堆成堆。

收割完所有的燕麥後，他們會繞著田地走一圈。在一疊疊的燕麥堆前彎下腰來，兩手各抓一小把燕麥稈當作繩子，把燕麥堆聚攏後紮成一大束，接著將綁好的燕麥尾端朝下，矗立在田地間。

紮好七捆燕麥之後，他們把這七捆燕麥聚在一起，其中五捆豎立起來，緊緊靠在一起，讓麥穗那頭朝上。接著，把剩下兩捆燕麥橫放在上面，並且把麥稈撥鬆，這樣就可以保護下面五捆燕麥，不會淋到露水和雨水，就像屋頂一樣。

天黑前，他們要把所有燕麥堆好，否則被露水浸蝕的燕麥很容易壞掉。

爸和亨利舅舅很努力的工作。天氣又悶又熱，就快要下雨了。但是燕麥已經成熟，要是沒有在下雨前收割完、堆疊好的話，沒有收割的燕麥就會壞掉，冬天來臨時，亨利舅舅的馬就會挨餓了。

中午時，爸和亨利舅舅飢腸轆轆的回到屋裡，狼吞虎嚥的迅速吃完午餐。亨利舅舅說，下午，查理必須去田裡幫忙。

亨利舅舅這麼說時，羅蘭看了看爸。爸曾經跟媽說過，亨利舅舅和波莉舅媽太寵查理了。爸在十一歲的時候，每天都要在田野裡做一大堆工作，還要幫忙駕馬車。但是查理幾乎沒有做過任何工作。

現在，亨利舅舅說查理必須去田裡幫忙，這會讓他們省下不少時間。查理可以去溪邊裝水，在他們需要喝水時幫他們拿水罐，當他們要磨利大鐮刀時，把磨刀石遞給他們。

所有小孩都看著查理。查理一點也不想去田裡幫忙，他只想留在院子裡玩耍。但是，他當然不會說出來。

爸和亨利舅舅完全沒有休息。他們狼吞虎嚥的吃完飯後，就帶著查理回去田裡工作了。

現在，瑪莉是所有孩子裡，年紀最大的了，她想要玩比較安靜、淑女的遊戲。下午，他們玩起家家酒，假裝院子裡有一間遊戲屋。樹樁就是椅子、桌子和爐灶，葉子是盤子，樹枝是小孩子。

那天晚上，羅蘭和瑪莉在回家的路上聽到爸告訴媽今天田裡發生了什麼事。

查理一點也沒有幫到爸和亨利舅舅的忙，反而製造了一堆麻煩。他擋住他們前進的路，讓他們沒辦法揮動大鐮刀。他還把磨刀石藏起來，讓他們找不到。他也拒絕幫他們提水，亨利舅舅要吼三、四次，才會臭著臉把喝水的罐子拿過去。

在那之後，他又跟在他們屁股後面，喋喋不休的問東問西。爸和亨利舅舅又忙又累，根本沒有空理他，所以他們把查理打發到一邊，讓他別來煩他們。

但是沒過多久，他們就聽到查理的尖叫聲。他們立刻丟下大鐮刀，穿越田地向查理跑去。周圍都是樹林，有時候田裡還會出現蛇。

但是，當他們跑過去後，卻發現什麼事也沒有，查理還嘲笑他們：「你們上當啦！」

爸說，如果他是亨利舅舅的話，一定會當場狠狠揍查理一頓，但是亨利舅舅沒有這麼做。

他們喝了一點水之後，便回去工作了。

查理尖叫了三次，他們也用最快的速度跑過去三次，但是查理每次都在他們出現後嘲笑他們。他認為這個玩笑很好玩，但是亨利舅舅還是沒有揍他。

接著，查理第四次尖叫起來，聲音比之前還要大。爸和亨利舅舅看了他一眼，發現查理正一邊尖叫，一邊跳來跳去。但是，查理的周圍什麼也沒有，所以他們決定繼續工作，讓查理繼續尖叫。

查理一直尖叫，不停的跳，完全沒有停下來。亨利舅舅最後還是對爸說：「說不定他真的遇到什麼麻煩了。」他們放下大鐮刀，往查理那邊走去。

原來，查理剛剛一直都在黃蜂的巢穴上亂跳！

有些蜜蜂會把巢穴建在地下，查理不小心踩到了蓋在地下的黃蜂巢穴，住在巢穴裡的小黃蜂都被他引了出來，統統都用紅色的蜂針攻擊查理，他完全無法擺脫牠們。

查理不停的跳上跳下，上百隻黃蜂不斷的攻擊他。牠們螫他的臉、手、脖和鼻子，牠們從褲管裡爬進去螫他的腿，爬進衣服裡螫他的背。查理跳得越高，黃蜂螫他也越兇。

爸和亨利舅舅一人抓住他一條手臂，帶他逃離了黃蜂的巢穴。他們把查理的衣服脫掉，衣服裡都是小隻的黃蜂，查理的身上到處都是腫包。他們把還在螫查理的黃蜂拍死，把衣服上的黃蜂趕走，再幫他穿上衣服，送他回家。

那天下午，羅蘭、瑪莉和表姊妹在院子裡玩時，突然聽到響亮的哭聲。只見查理哭著踏進院子裡，他的臉腫得連眼淚都快要沒辦法從眼裡流出來了。

他的雙手是腫的、脖子是腫的，臉頰上也都是腫包。他的手指浮腫，完全無法動，腫脹的臉和脖子上都是可怕的白小凹洞。

羅蘭、瑪莉和表姊妹都站在旁邊看他。

媽和波莉舅媽從屋子裡跑了出來，問他到底發生了什麼事。但是查理只是嚎啕大哭。媽看了看說，這是黃蜂螫的。她跑進院子裡，裝了一大盆泥土，波莉舅媽把查理帶進房裡，幫他把衣服脫掉。

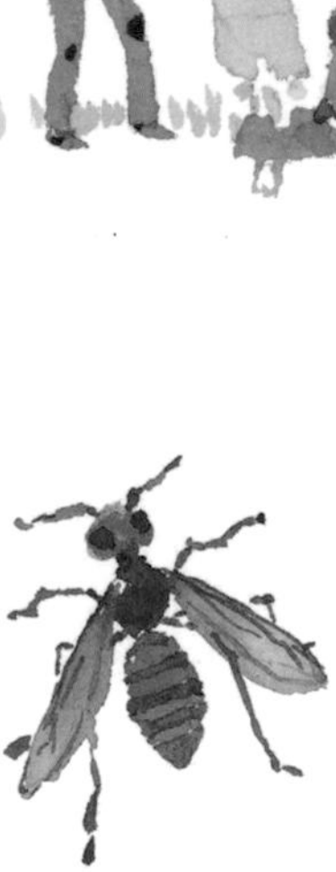

她們用泥土調成一大鍋泥漿，統統抹在查理身上。接著，她們用床單把查理包起來，再把他抱到床上。

查理的眼睛腫得張不開，鼻子脹成了可笑的形狀。查理的臉上也抹了泥漿，接著媽和波莉舅媽把布條纏在他的臉上。現在，查理只剩下鼻子到嘴巴從床單與布條裡露出來。

波莉舅媽泡了一些藥草給他喝，讓他退燒。羅蘭、瑪莉和表姊妹都圍在查理身邊看著他。

那天，當爸和亨利舅舅從田裡回來時，天已經很黑了。他們把所有的燕麥都堆了起來，就算下雨，燕麥也不會壞掉了。

爸沒辦法留下來吃晚餐，他必須回家擠牛奶。家裡的乳牛已經等著他回去擠奶了，要是沒有按時擠奶，乳牛的奶量就會變少。他迅速幫馬套上馬具，所有人一一上了篷車。

爸已經筋疲力竭了，他的手痛得幾乎無法好好駕車，還好馬兒知道回家的路。媽抱著小寶寶琳琳坐在爸的身邊，羅蘭和瑪莉坐在後面的木板上。爸說的話，她們都聽到了。

羅蘭和瑪莉都嚇壞了。她們也常常調皮搗蛋，但是查理調皮的程度實在太誇張了，她們覺得難以想像。他沒有幫忙收割燕麥、沒有聽從父親說的話，還在爸與亨利舅舅工作時不斷搗亂。

當爸說到查理踩到黃蜂巢穴時，他說：

「那個小騙子活該被黃蜂螫。」

那天晚上，雨滴滴答答的打在屋頂上，接著從屋簷滑落，羅蘭躺在小滾輪床上想著爸說的話。

她想著黃蜂是怎麼對待查理的。她也覺得查理罪有應得，因為查理今天實在調皮得不像話。而且，他還踩到黃蜂的家，所以黃蜂有權利螫他。

但是她不懂爸為什麼要叫他小騙子，下午回來時，他明明一句話也說不出來，怎麼會是小騙子呢？

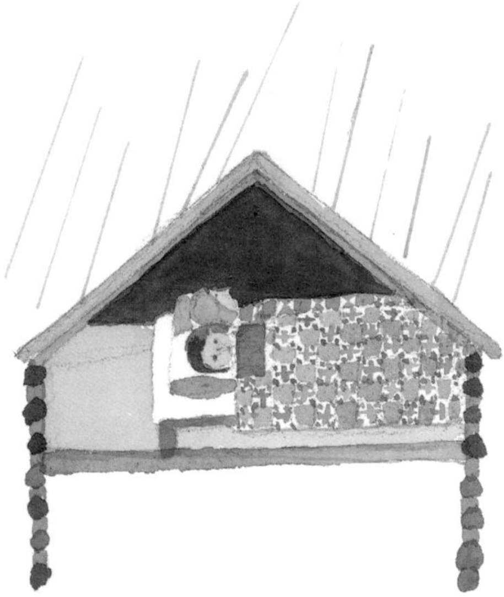

12. 奇妙的機器

第二天，爸把好幾捆燕麥的麥稈砍下來，將亮黃色的新鮮麥稈帶回家給媽。媽把燕麥稈放進裝滿水的盆子裡，把麥稈泡軟。接著，她坐在盆子邊的椅子上，開始編麥稈。

一開始，她把幾枝麥稈的末端綁在一起，接著開始編織。這些麥稈的長度不一，每當一根麥稈快要編完時，她就會從盆子裡拿出另一枝長長的麥稈繼續編織。

她把麥稈編的繩子前端泡在水中，一直編到麥繩有好幾碼長，才開始編下一條麥繩。她把這幾天的空閒時間都用在編織麥繩上了。

她用七枝最小的麥稈編出精細而光滑的窄麥繩；用九枝大一點的麥稈編出寬一點的麥繩，並在邊緣做出凹痕；最後用最大的麥稈編出最寬的麥繩。

等到把所有麥稈都編完後，媽在針上穿過一條又粗又扎實的白線，從麥繩的邊緣縫起，把麥繩一圈圈縫成一片扁平的圓形小草蓆。媽說這片小草蓆就是帽子的帽頂。

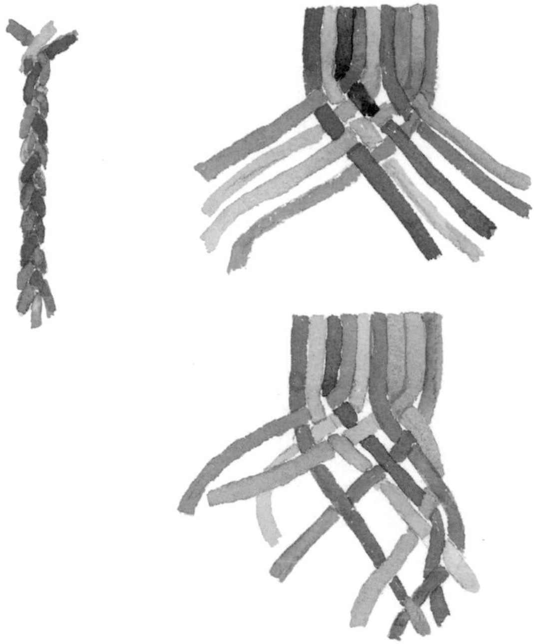

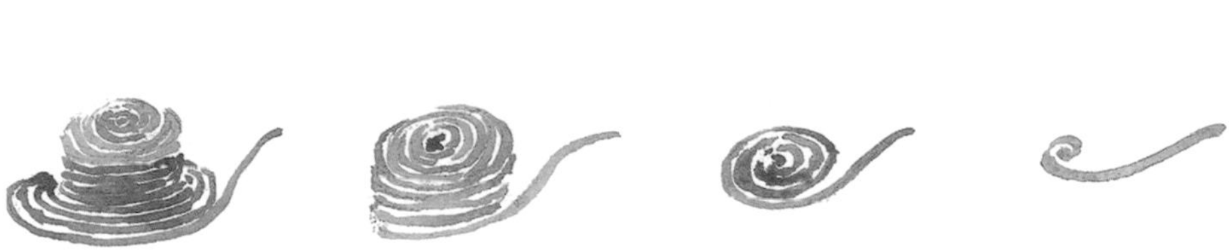

接著，她把麥繩的邊緣拉緊，繼續一圈圈縫下去。麥繩逐漸向內收縮，變成了帽頂的樣子。等到帽頂夠高之後，媽把麥繩拉鬆，接著再繼續一圈圈縫下去，麥繩逐漸轉為水平，變成了帽簷。

等到媽覺得帽簷夠寬之後，她把麥繩剪斷，將尾端緊緊縫上，如此一來麥繩才不會散掉。

媽用精緻的窄麥繩替瑪莉和羅蘭縫帽子，用有凹痕又比較寬的麥繩縫她自己的帽子，還有爸禮拜天用的帽子。接著她又用最粗糙、最寬的麥繩做了兩頂爸平日戴的帽子。

媽做好帽子後，便把帽子放到木板上晾乾。媽會把帽子仔細調整成她想要的形狀，等到帽子乾了之後，就會維持這種形狀了。

媽做的帽子都很美。羅蘭喜歡看媽做帽子，當她學會如何用燕麥稈做麥繩後，也幫蒂蒂做了頂小帽子。

白日變得越來越短，夜晚則越來越冷。有一天晚上，霜小孩從小木屋窗外經過，隔天早上，大森林裡的綠葉間出現了一塊塊豔紅的色彩。

過沒多久，綠油油的葉子褪去，變成了黃色、鮮紅色、暗紅色、金色和棕色。

鐵欄杆旁那排漆樹的葉子像是明亮的火焰，葉子之間掛著一顆顆圓錐狀的深紅色莓果。橡實從橡樹上墜落，羅蘭和瑪莉把橡實當作遊戲屋裡的小杯子和小盤子。

大森林裡的地上滿是胡桃和山胡桃，松鼠忙著四處蹦蹦跳跳，撿拾核果藏進樹洞裡，用來過冬。

羅蘭和瑪莉跟著媽去撿拾胡桃、山胡桃、堅果和榛果。她們把撿來的核果放在太陽下曬乾，接著把乾燥的外殼敲開，將裡面的果實收到閣樓裡，等到冬天再拿出來食用。

她們收集又大又圓的胡桃和小小的山胡桃，又從矮矮的榛樹上採集一串串榛果，這讓她們覺得有趣極了。

羅蘭用牙齒把其中幾個核果的外殼咬開，胡桃的外殼是軟的，裡面的棕色汁液把她的手也染棕了，榛果的外殼又香又美味。

現在，他們要把園子裡的蔬菜統統儲存起來，每個人都很忙。爸把藏在地底下，沾滿泥土的馬鈴薯、長長的黃色胡蘿蔔和頂端發紫的圓形蕪菁挖出來，羅蘭和瑪莉幫忙把這些作物撿起來。她們也幫媽煮南瓜派要用到的南瓜。

媽用大殺豬刀把橘色的大南瓜切成兩半。她把中間的籽挖掉，再將南瓜切成長條狀，接著把外皮削掉。羅蘭則幫忙把一條條南瓜切成丁。

媽把南瓜丁放進爐灶上的大鐵鍋裡，往裡面倒了些水、開火，接著花上一整天的時間盯著這鍋南瓜。她要把南瓜的水分和倒進去的水都煮乾，但絕對不能讓南瓜燒焦。

鍋子裡的南瓜變成了黏稠的深色糊狀物，香氣撲鼻。南瓜糊不會

像水一樣不斷沸騰，泡泡只會慢慢浮到表面，突然破掉，接著旁邊的南瓜糊會立刻流入剛才那顆破掉的泡泡留下的凹洞。每次有泡泡破掉，鍋子裡就會傳出一陣熱騰騰的濃郁南瓜香。

羅蘭站在椅子上，替媽看著鍋子，並用一根木製攪拌棒攪拌南瓜糊。她用雙手抓著攪拌棒小心的攪拌，要是南瓜糊燒焦了，他們就沒有南瓜派可以吃了。

這天的午餐是麵包配上燉南瓜。她們把南瓜糊倒在盤子上，畫出漂亮的圖案。南瓜糊的顏色漂亮，又軟又香，她們可以用刀子畫出漂亮的圖案。媽從來不准她們在餐桌上玩食物，她們必須規矩的吃完擺在眼前的每樣食物，盤子裡不可以有剩菜。但是媽讓她們在吃飯前，用黏稠的棕色燉南瓜畫出漂亮的圖案。

有時候，她們的午餐會吃烤筍瓜。筍瓜是南瓜的一種，但是它的外皮非常堅硬，媽必須用爸的斧頭才能把筍瓜劈成片狀，再放進烤箱烤。羅蘭最愛把奶油塗在軟軟的烤筍瓜肉上，再用湯匙直接從瓜皮上挖起瓜肉來吃。

現在，他們的晚餐常常吃玉米仁牛奶，嘗起來美味又可口。羅蘭覺得這道菜實在太好吃了，每次媽開始替玉米去殼，羅蘭都等不及要吃它。但是媽必須花上兩到三天的時間，才能完成替玉米去殼的步驟。

第一天，媽要把爐灶裡的灰燼統統清理乾淨，再燒一些新鮮的硬木，把新的灰燼收集起來，放進一個小布袋裡。

那天晚上，爸會帶回幾根玉米，每根玉米上的玉米粒都很飽滿。接著他一根一根的，把末端比較小的乾癟玉米粒剝下來，接著再把其他玉米粒也剝下來，放進大鍋子裡，直到裝滿為止。

第二天一大早，媽把剝下來的玉米粒和那一小袋灰燼一起丟進大鐵鍋中。她在鐵鍋內裝滿水，燉上很長一段時間。直到玉米粒開始膨脹，外殼都裂開來，玉米仁都跑出來為止。

每顆玉米的外殼與玉米仁都分離了之後，媽便吃力的把沉重的大鍋子搬到戶外。她從溪中取來冷水，倒進一個乾淨的洗衣桶內，再將鐵鍋中的玉米泡進桶子裡。

接著，媽把印花洋裝的袖子捲到手肘，跪在桶子旁邊，用手不斷搓揉玉米，讓外殼脫落並浮到水面上。

她不時把桶子裡的水倒掉，重新換上一桶新的清水。她不斷用雙手搓揉玉米，不斷換水，直到所有玉米粒的外殼都脫落為止。

媽在搓揉水中的玉米時看起來美極了，她光裸的手臂筆直而白皙，臉頰紅潤，柔順的頭髮烏黑亮麗。她搓揉玉米時都很小心，一滴水都不會濺到漂亮的裙子上。

等到終於搓揉完玉米後，媽把這些柔軟潔白的玉米仁放進食物儲藏室的大罐子裡。他們終於有去殼玉米可以當晚餐了。

有時候，他們的早餐是玉米仁配楓糖漿，有時媽會用豬油炸玉米仁。但是羅蘭最喜歡的，還是玉米仁牛奶。

秋天有很多有趣的事。他們要做好多工作，吃好多東西，還要觀察好多新事物。羅蘭從早到晚都像松鼠一樣蹦蹦跳跳、嘰嘰喳喳。

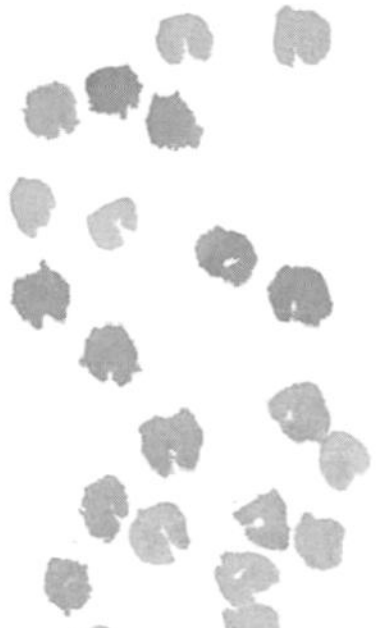

在一個寒冷的早晨，路上出現了一台機器。四匹馬把機器運了過來，機器上坐著兩個男人。

馬把機器拉到一片空地上，那片空地是爸、亨利舅舅、爺爺和彼得森先生堆放小麥的地方。

另外兩個男人駕車帶來了另一台比較小的機器。

爸大聲對媽說打穀的人來了，便立刻駕著家裡的兩匹馬趕到空地去。羅蘭和瑪莉問過媽可不可以去看看之後，也跟著爸跑到空地去。只要她們不要妨礙到大人工作，就可以在一旁看。

亨利舅舅也騎著馬來了，他把馬拴在樹下。接著，他和爸一起幫忙把小台機器的馬具套在八匹馬身上。

這個奇妙的機器中央，有四根長木棍，他們把馬分成兩兩一組，每根棍子的末端，分別固定在每組馬匹上。兩台機器的底部有一根長長的鐵杆，把小台機器和大台機器連接在一起。

羅蘭和瑪莉嘰嘰喳喳的問了好幾個問題。爸告訴她們，大台的機器叫做「打穀機」，中間的鐵杆叫做「轉軸」，小台的機器叫做「馬力」。八匹馬被套在小台機器上面，牠們會繞著機器行走，就可以運轉這台機器，所以這是一台八匹馬力機器。

馬力機的頂端坐著一個男人，一切準備就緒後，他出聲催促那八匹馬，馬便開始走動。牠們繞著男人轉圈，兩兩成對的牽引著套在身上的長棍，跟隨著領頭的兩匹馬向前走。馬兒繞著圈走的時候，會小心的抬腳跨過在地上不斷轉動的轉軸。

馬匹拉著長棍、轉動轉軸，轉軸則會帶動小麥堆旁的打穀機。

打穀機在運作時，會發出乒乒乓乓、震耳欲聾的聲音。羅蘭和瑪莉站在田邊，緊緊抓住彼此的手、盯著眼前的機器。她們從來沒有看過這台機器，也從來沒有聽過這麼吵的聲音。

爸和亨利舅舅站在小麥堆上，把一捆捆小麥扔到一塊板子上。板子旁邊站著一個男人，他負責把一捆捆小麥上的長繩砍斷，把小麥扔進打穀機後面的洞裡，一次只塞一捆。

那個洞看起來就像打穀機的嘴巴，有好多不斷咀嚼的長長鐵牙齒。打穀機咀嚼完小麥後，就統統吞進肚裡，小麥稈會從打穀機一邊噴出來，小麥則從另一旁傾瀉而出。

機器旁的兩個男人，動作迅速而粗魯的把小麥稈疊成一堆，另一個男人則迅速的把傾瀉出來的小麥裝袋。小麥從打穀機中流出，掉進漏斗式的容器中。每當有一個漏斗被填滿，便會立即被空的漏斗取代，裝滿小麥的漏斗，就會拖到一旁，將滿滿的小麥倒進布袋中。

把小麥倒進布袋之後，空的漏斗便又滿了，這時候就要立刻用剛剛清空的漏斗，取代裝滿小麥的漏斗。

每個人都用最快的速度完成自己負責的工作，打穀機的速度竟然跟得上他們的動作。羅蘭和瑪莉興奮得快要透不過氣了，她們緊緊握住彼此的手，瞪大眼睛看著機器運作。

馬不停的繞著圈子。負責趕馬的人甩著鞭子，發出啪啪的聲音，他大聲喊著：「強強，繼續走！別想偷懶！」「比比，小心點！慢慢來！別走那麼快，慢一點。」

打穀機吞下一捆又一捆的小麥，金色的麥稈像雲朵一樣被吐了出來。小麥就像是金色的河流不斷的流淌而出，一旁的人都忙得不可開交。

爸和亨利舅舅用最快的速度把一捆捆小麥往下扔，小麥殼和塵土也在空氣中飄揚。

羅蘭和瑪莉一直看到不得不離開為止。午餐時間快要到了，她們必須趕快跑回家，幫忙媽準備午餐給這些來打穀的工人吃。

媽用爐灶上的大鍋燉甘藍菜和燉肉，烤箱裡的鍋子有烤豆子和強尼蛋糕。羅蘭和瑪莉負責幫打穀的工人擺好餐具。她們把發酵麵包、奶油、一碗一碗的燉南瓜、南瓜派、乾莓派、餅乾、乾酪、蜂蜜和一壺一壺的牛奶統統擺到餐桌上。

接著，媽把煮好的馬鈴薯、甘藍菜、燉肉、烤豆子、熱騰騰的強尼蛋糕和烤筍瓜端上桌，又在杯子裡斟滿茶。

羅蘭不懂，為什麼用玉米粉做的麵包要叫強尼蛋糕。強尼蛋糕明明是麵包，又不是蛋糕。媽也不知道，或許是因為北美洲的士兵到南美洲打仗時，就是這麼稱呼的，他們都把南美洲的士兵叫做「叛賊強尼」，而且打仗時又吃了好多強尼蛋糕。又或

許，他們之所以把南美洲來的麵包稱做蛋糕，只是因為聽起來比較有趣。

媽聽某些人說過，有人把「強尼蛋糕」叫做「旅行蛋糕」。她也不知道為什麼，因為強尼蛋糕也不適合在旅行的時候吃。

中午時刻，打穀的人統統坐到餐桌前，桌上擺滿了食物。食物雖然很多，但也不至於吃不完，因為上午的工作非常辛苦，所有人都餓壞了。

下午時，打穀機就完成了所有的打穀工作，打穀機的主人駕著馬車，帶著機器和做為酬勞的好幾袋小麥駛進大森林裡。他們要前往下一個工作地點了，還有好幾戶人家也有一大堆小麥需要打穀。

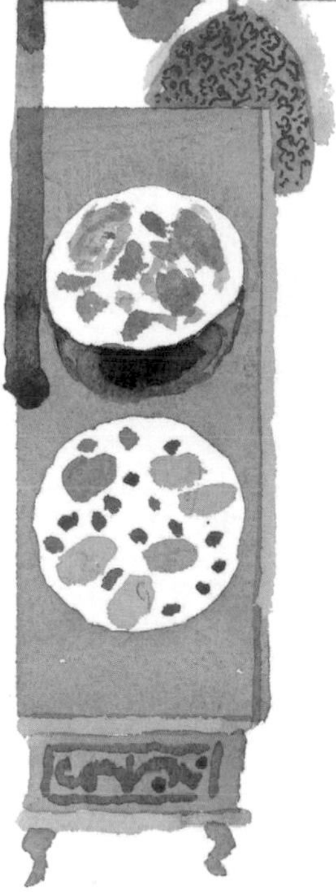

那天晚上，爸筋疲力竭，但很開心。他對媽說：

「要是沒有打穀機，亨利、彼得森，還有我們這幾戶人家，就只能用連枷打穀，那要花上好幾個禮拜才能處理完這些小麥。而且用連枷打穀，也沒辦法打出這麼多、這麼乾淨的小麥。」

「真是偉大的發明！」他說，「或許有些人想用傳統方式打穀，但是我很喜歡試看看這些全新的機器與方法。我們活在如此美好的年代，只要我還在種小麥，只要附近有人有這種機器，我一定會用打穀機來打穀。」

爸實在太累了，那天晚上幾乎沒辦法和羅蘭說話，但是羅蘭以爸為榮。因為，叫附近的鄰居把小麥疊成一堆，並且叫來打穀機器的人就是爸。奇妙的打穀機器真是太棒了，所有人都很高興爸叫打穀機過來打穀。

13. 美麗的大森林

大森林裡的草都枯萎了，乳牛不能留在外面放牧了。這幾天，爸必須把乳牛關在牛舍裡，餵牠們吃乾草。冰冷的秋雨落下，原本鮮豔的葉子都變成了黯沉的棕色。

羅蘭和瑪莉不能到樹下玩耍了。雨天，爸會留在家裡，他又開始在晚餐後拉小提琴。

過沒多久，雨停了，天氣變得越來越寒冷。清晨時，窗外結滿了閃亮的白霜。白天越來越短，為了保持屋內的溫度，爐灶裡的火整日都不會熄滅。冬天已經來臨了。

閣樓和地窖又塞滿了美味的食物，羅蘭和瑪莉也開始縫拼被，一切都那麼溫暖、舒適。

一天晚上，爸完成每日的雜務後，說他要在晚餐後去鹿舐鹽地那裡看看。從春天到現在，他們都沒吃過新鮮的肉，既然小鹿已經長大，爸要去打獵了。

爸在樹林間的空地撒了一些鹽，空地旁邊有幾棵樹，爸可以坐在樹上等鹿來到這片空地。鹿舐鹽地是鹿攝取鹽分的地方，當鹿在發現某個地方有鹽後，就會常常去舐鹽，這種地方就叫做「鹿舐鹽地」。爸在大森林裡的一個空地上撒鹽，製造了一個鹿舐鹽地。

晚餐過後，爸扛著獵槍走進大森林裡。這天晚上，羅蘭和瑪莉沒有睡前故事和音樂可以聽。

第二天早上，她們一起床便立刻跑到窗邊，但是小木屋外面的兩棵大樹上沒有掛著鹿。以前，爸去獵鹿時，從來沒有空手而歸過，這讓羅蘭和瑪莉有點擔心。

這一天，爸整天都忙進忙出的。為了抵禦寒冷，他在小木屋和牛舍外頭疊起一堆又一堆的枯葉和麥稈，再用石頭牢牢壓住。外頭的溫度越來越低，晚上的時候，他們點燃壁爐裡的火、緊緊關上窗戶、用布條堵住所有隙縫。

大森林的冬天，降臨了。

用過晚餐後，爸把羅蘭抱到膝上，瑪莉坐在爸腳邊的小椅子上。

爸說：

「我來告訴妳們，為什麼今天沒有新鮮的肉可以吃。

「昨天晚上，我走到鹿舐鹽地、爬到一棵大橡樹上。我選定了一根粗大的樹枝，舒舒服服的坐在上面盯著鹿舐鹽地、等鹿來舐鹽。那根樹枝距離鹿舐鹽地很近，我把上好膛的槍放在膝蓋上，只要有動物靠近，就可以馬上射死牠。

「我坐在樹枝上，等著月亮升起來照亮那塊空地。

「昨天，我砍了一整天的柴，有點累，就不小心睡著了。過了一陣子，我睜開雙眼、醒了過來。

「又大又圓的月亮剛剛升上天空。我從光禿禿的樹枝間看到月亮低低的掛在天空上。接著，我看到了一頭鹿，就站在月光下。牠昂著頭傾聽大森林的聲音，頭上長著一對又大又彎曲的鹿角。牠站在月光下，看起來就像一個巨大的黑色影子。

「要射殺牠太容易了。但是牠實在太美了，看起來強壯、自由又充滿野性，我沒辦法下手射殺牠。我坐在樹枝上看著這匹美麗的雄鹿，直到牠躍進漆黑的大森林裡。

「但是，我想到了我的寶貝女兒還有妻子正等著我帶新鮮美味的鹿肉回家。我打定主意，下次一定要開槍。

「過了一陣子之後，一頭大熊緩慢的走進這塊空地。夏天時，牠吃了好多好多莓果、根菜和小蟲，身形幾乎有兩隻熊那麼大。牠四肢著地，在月光中緩緩的穿越空地，頭左擺右搖，一直走到一根腐爛的樹幹前。牠聞了聞那根樹幹，又聽了聽。接著用前爪刨開樹幹，在一塊塊木頭間嗅了一嗅，吃起了肥美的小白蟲。

「接著，牠用後腳穩穩的站了起來，環顧四周，似乎覺得四周有什麼地方不對勁。牠看了看，又聞聞空氣中的味道，想知道到底是怎麼回事。

「要打中牠也很容易，但是我的視線完全無法移開，月光下的森林是這麼寧靜，我把獵槍給忘了，想都沒有想過要射殺牠，直到牠搖搖晃晃的走進森林裡。

「『這可不行啊，』我想著，『再這樣下去，我永遠都沒辦法獵到野味了。』

「我再次下定決心，坐在樹上繼續等待。下一次遇到獵物，我一定要射殺牠。

「月亮升得更高了，月光照射在小小的林間空地上，讓空地顯得更加明亮，一旁樹林的影子顯得更黑了。

「過了好長一段時間，一頭母鹿帶著一頭一、兩歲的小鹿出現了，牠們優雅的從林間陰影裡走了出來，一點也不害怕。牠們走進空地，來到鹿舐鹽地舐鹽。

「接著，牠們抬起頭來看著彼此。小鹿往前走了幾步，站到母鹿身邊。牠們站在彼此身旁，一起凝視著森林和月光，大眼睛既明亮又溫和。

「我坐在樹枝上看著牠們，直到牠們走進林間陰影裡。然後，我便從樹上爬下來，回家了。」

羅蘭悄悄的在爸的耳邊說：「我很高興你沒有把牠們殺死。」

瑪莉說：「我們可以吃麵包夾奶油啦。」

爸把瑪莉從椅子上抱起來，緊緊的抱著她們。

「妳們都是我的乖女兒，」他說，「現在，睡覺時間到了，快去睡吧，我去拿小提琴。」

禱告完後，羅蘭和瑪莉舒舒服服的蓋著毯子，窩在小滾輪床上。爸坐在壁爐邊拉小提琴，媽吹熄了用不到的油燈，坐在壁爐的另一邊，輕輕晃著搖椅，來回用棒針編織襪子。

伴著火光與音樂，漫長的冬天夜晚再次來臨。

小提琴發出哀悽的聲音，爸唱著：

「噢，蘇珊娜，
請別為我哭泣，
我要前往加利福尼亞，
尋找我的黃金夢。」

接著，爸又拉起了老吉米的那首歌，但是他沒有唱上次媽做乾酪時的歌詞。這次的歌詞不一樣。爸用溫柔有力的聲音輕輕唱著：

「豈能遺忘舊識，
再也不思量？
豈能遺忘舊識，
遺忘美好昔日？

那些美好昔日，我的朋友，
那些美好昔日，
豈能遺忘舊識，
遺忘美好昔日？」

小提琴的聲音停下來後，羅蘭小聲的問：「爸，什麼是『美好昔日』？」

「羅蘭，『美好昔日』就是很久很久以前的日子。」爸說，「快睡吧。」

但是羅蘭張著眼睛，又躺了一會兒。她聽著爸溫柔的小提琴聲、聽著大森林裡孤獨的風聲。她看向爸，爸坐在壁爐旁的長椅上，火光在他棕色的鬍鬚上閃爍，蜜色的小提琴亮晶晶的。她看向媽，媽輕輕的搖著搖椅、編織手上的襪子。

她想：「就是現在了。」

小木屋溫暖舒適，爸和媽坐在壁爐前，小提琴的聲音動人美好。羅蘭很高興，就是現在了。她想，她絕對不會忘記這些事，因為現在就是現在，永遠不會變成很久很久以前的日子。

【名家推薦】

一本書，讓孩子在腦中體會即將逝去的大自然

文／陳安儀（親職教育專家）

這兩天春光明媚，社區裡煙火似的櫻花盛放過後，嫩綠的新葉正探出頭，跟早起散步的人們一起分享著和煦的微風；小公園裡嫣紅粉白的杜鵑花旁，翩翩起舞的黑色大鳳蝶、踏著小碎步的白粉蝶，正互相道早安。這樣的時節，坐在陽光下的搖椅上，手捧著一本《大森林裡的小木屋》，讓六十年前威斯康辛州的森林景致陪我悠閒度日，彷彿啜飲一杯芬芳雋永的新茶，歲月靜好，盡在不言中。

對絕大多數的現代人而言，《大森林裡的小木屋》無異是一本可望而不可及的「懷舊童話」：在遠離城市、渺無人煙的大森林裡有一幢遺世獨立的小木屋，一家人過著漁獵耕織、自給自足，隨著季節更替春耕、夏耘、秋收、冬藏的日子，與世無爭、寧謐安詳……這是多少工商業社會裡，汲汲營營的人們所嚮往不已的桃花源啊！

然而，再仔細的閱讀下去，桃花源裡的生活卻又絕非那麼容易：在人煙罕至的地方，女人要親手煮食每一餐飯、縫製每一件衣服、照顧一家老小、灌溉庭院裡的瓜果、餵食畜舍裡的牲口，從早到晚，雙手不得停息；而男人更不簡單，除了要備妥一

年四季的食物，還要修補房舍、劈柴開路、製作工具、對抗天氣、獵捕野獸……每一個季節都有非做不可的事，甚至連大大小小的孩子，也都有各自必須要分擔的任務，一點兒也偷懶不得！

在《大森林裡的小木屋》裡，作者細細的描繪了先人在大自然中生活的點點滴滴：從煙燻火腿、漬魚、奶油、乾酪……怎樣製作，到清理獵槍、製作子彈、收集楓糖、割麥打粉……如何進行；以及森林中黑熊入侵、狼追豹逐、大雪紛飛……的險象環生；還有一家人團聚圍爐、拉琴唱曲、爐邊故事、假日禮拜……的生活娛樂，娓娓道來栩栩如生，雖說形式是一本小說，其實已可謂一部完整的紀錄史。

此外，在閱讀《大森林裡的小木屋》之際，我想很多先民智慧亦在其中，不言可喻。譬如：春季不狩獵，為的是等待動物的下一代成長、成熟，才能維持物種的生生不息；與動植物和平共處，狩獵只取所需，並且妥善利用食物的每一部位，不貪多亦不浪費；再則，我們也看到先民勤勤懇懇、勞動體力，換得一夜好眠、安定踏實。

拾起《大森林裡的小木屋》，閱讀的時候自有一種筆墨難以形容的平和寧謐。它沒有精巧的３Ｃ科幻，沒有緊張的你爭我奪，沒有難斷的善惡衝突；或許，**它不是現代青少年或是孩童習慣看到的小說類型，但是我想，我們的孩子真的很需要這樣的作品，在腦海中體驗他們即將失去的大自然，或許，也是即將失去的簡單與單純。**

【名家推薦】

在嚴苛的自然與流轉的季節裡，看見生命堅實的力量

文／黃筱茵（兒童文學工作者）

《大森林裡的小木屋》是著名兒童文學經典《大草原上的小木屋》系列第一冊，這系列小說自出版以來，就被一代接一代的讀者廣泛閱讀、深深喜愛。到底該如何解釋這系列作品的獨特魅力呢？「小木屋系列」故事並不雕琢文字，卻真實生動的呈現羅蘭一家在美國西部大拓荒時代輾轉遷徙、勤懇生活的軌跡。因為故事內容幾乎全是羅蘭對童年歲月的記憶，讀者既可讀到對逝去時代的鮮活描述，也在這家人的日子裡體察到彼此相依、腳踏實地倚靠自然的堅實生命力。故事裡源源不絕流淌的力量啊，讀者得要親自展書閱讀才能體會。

作者羅蘭・英格斯・懷德（Laura Ingalls Wilder）生於一八六七年，她從兩歲開始，便跟隨父母四處遷徙，坐著篷車，往中西部墾拓生活。他們都要拓荒耕種、自給自足，全家人的生活完全仰賴「爸」砍柴狩獵捕魚的收穫，以及「媽」艱辛持家打理一切，一有天災歉收，全家人的溫飽便可能陷入掙扎。年幼的羅蘭從旁看著這一切，也逐漸學會只要家人相守，就能一同面對生活中的各種挑戰。

時移事往，生活在當代的我們似乎距離美國墾拓歲月十分遙遠，又能從《大森林裡的小木屋》讀到什麼呢？我發現，好故事不會隨時間的淘洗變得黯淡。一翻開書頁，我們就像立刻走進羅蘭一家所在的蓊鬱森林深處，舉目所及全是一重接一重，彷彿沒有盡頭的森林，周遭是各種看得見看不見的野生動物，耳畔是牠們深深淺淺的呼吸。彷彿離群索居的這家人，就這樣與自然界和季節的流轉相依伴。羅蘭素樸的文字，自然而然流露出生命與存在純粹的力量與意義。

這個版本尤其值得珍藏，因為除了好故事，還有安徒生大獎得主安野光雅先生的動人插畫。安野光雅的插畫藝術風格獨樹一幟，他筆下的畫面通常看起來並不華麗，卻充滿細膩的思考與意在言外的故事性，邀請讀者一次又一次反覆聆聽探看圖像與文字交織的舞曲與樂章。安野光雅先生為本書設計的別致插畫，把文字圈在圖像中，就像讀者一面讀著文字時，也不知不覺的走進羅蘭一家人生活的森林，看見、聽見小木屋發生的每一件事與所有的聲音。看看羅蘭描寫下雨天時，雨點在屋頂上打鼓的那一幕，安野先生畫了好多好多撐著傘從天空降落在屋頂的小小人兒，多麼俏皮，又多麼詩意！

認真生活本身便是生命力量的來源，不管高潮低谷，生命都會一一走過。這樣簡潔明晰的寓意呀，你也在故事裡看到了嗎？

大森林裡的小木屋

【經典文學名家全繪版，安野光雅300幅全彩插圖】

作者：羅蘭・英格斯・懷德（Laura Ingalls Wilder）｜繪者：安野光雅｜譯者：聞翊均

小樹文化股份有限公司

社長：張瑩瑩｜總編輯：蔡麗真｜副總編輯：謝怡文｜責任編輯：謝怡文｜行銷企劃經理：林麗紅｜行銷企劃：蔡逸萱、李映柔｜校對：魏秋綢、林昌榮｜封面設計：彭子馨｜內文排版：菩薩蠻數位文化有限公司

讀書共和國出版集團

社長：郭重興｜發行人：曾大福｜業務平臺總經理：李雪麗｜業務平臺副總經理：李復民｜實體通路暨直營網路書店組：林詩富、陳志峰、郭文弘、賴佩瑜、王文賓、周宥騰｜海外暨博客來組：張鑫峰、林裴瑤、范光杰｜特販通路組：陳綺瑩、郭文龍｜電子商務組：黃詩芸、陳靖宜、高崇哲｜專案企劃組：蔡孟庭、盤惟心｜閱讀社群組：黃志堅、羅文浩、盧煒婷｜版權部：黃知涵｜印務部：江域平、黃禮賢、李孟儒

發　　行：遠足文化事業股份有限公司

地址：231新北市新店區民權路108-2號9樓

電話：(02) 2218-1417｜傳真：(02) 8667-1065

客服專線：0800-221029｜電子信箱：service@bookrep.com.tw

郵撥帳號：19504465遠足文化事業股份有限公司

團體訂購另有優惠，請洽業務部：(02) 2218-1417分機1124

法律顧問：華洋法律事務所 蘇文生律師

出版日期：2018年4月3日初版首刷

2022年12月28日二版首刷

家圖書館出版品預行編目(CIP)資料

大森林裡的小木屋／羅蘭・英格斯・懷德（Laura Ingalls Wilder）著；安野光雅 圖；聞翊均 譯 -- 二版 – 新北市：小樹文化股分有限公司 出版；新北市：遠足文化股份有限公司發行；2022.12　面；公分

譯自：Little House in the Big Woods

ISBN 978-626-96495-7-0（精裝）

1. 兒童文學 2.世界名著

4.596　　111013083

線上讀者回函專用QR CODE

您的寶貴意見，將是我們進步的最大動力。

立即關注小樹文化官網

好書訊息不漏接。